다시
섬진강
대숲에서

김재일의 생명산필

다시 섬진강 대숲에서

© 2009, 김재일

글 · 사진　김재일
펴낸이　　김인현
펴낸곳　　도서출판 종이거울

2009년 9월 25일 1판 1쇄 인쇄
2009년 9월 30일 1판 1쇄 발행

인쇄　　금강인쇄(주)
등록　　2002년 9월 23일(제19-61호)
주소　　서울시 송파구 잠실동 312-23 201호
전화　　02-419-8704
팩시밀리　02-336-8701
E-mail　cigw0923@hanmail.net

ISBN 978-89-90562-29-6 04810
　　　89-90562-05-8 (세트)

다시
섬진강
대숲에서

김.재.일.의. 생.명.산.필.

글 . 사 진 김재일   판 화 통칙스 님

종이거울

참된 여행은 새로운 시야를 갖는 것

여행은 혼자서든 여럿이서든 늘 가슴을 설레게 한다.

일상생활이 삶의 산문이라면 여행은 삶의 시와도 같다. 여행은 낯선 세상을 낯익은 얼굴로 살아가게 하고, 낯선 얼굴들도 낯익은 눈으로 만나게 해준다. 그런 의미에서 참된 여행은 새로운 것을 보러 가는 것이 아니라, 가서 새로운 시야(생각)를 갖는 것이다.

이런 여행의 주제는 자신이 만들어 가는 것이다. 주제가 정해지면 눈에 보이고 귀에 들리는 것이 달라진다. 말하자면 차창 밖을 번개처럼 스쳐 가는 것도 저마다 의미를 갖게 된다. 자연은 환경시대에 이르러 이제 삶의 주변이 아니라 삶의 본질이 된다. 진정한 삶이란 이제 자연과 함께 하는 삶이다.

모든 살아있는 것들은 어떤 방법으로든 자기의 뜻을 남에게 전달하고 있다. 동물들은 소리와 몸짓으로 자기의 뜻을 표현하고, 식물들은 아름다운 색깔과 향기로 자기를 드러낸다. 그것들과의 참 만남─자연귀의自然歸依는 지천명知天命에 이르러서야 가까스로 찾아낸 '나의 일'이 되었다.

내 차도 없이 들로, 산으로, 강으로, 바다로, 우리 땅을 찾아나선 지 벌써 20년이나 되었다.

이 글은 자연으로 돌아가는 길목에서 만난 친구들과 나눈 담소적 지혜를 받아 적은 것이다.

2009년 6월

경기도 광주 백마산 기슭에서 저자

차례

여행은 돌아가는 것

집을 나섰습니다. 여행은 떠나는 것이
아니라 머―언 먼 옛적 우리가 떠나온 자연으로 되돌아가는 것이 아닌지 모르
겠습니다. 인류의 옛 조상이 그러했듯이 우리들도 원래는 모두가 자연에서 태
어난 네 발 가진 야성의 동물이었습니다. 그러나, 너무 오랜 동안 자연을 떠나
인위적인 환경과 도시적 삶에 젖어버렸기 때문에 자연으로 가는 길이 마치 낯
선 곳을 찾아가는 것처럼 느껴질 뿐이지요.

생태기행은 우리들 마음 깊은 자리에 잠들어 있는 야성野性을 일깨워 우리
가 태어난 곳으로 돌아가는 자연으로의 여행입니다.

사람은 본래 비포장용

완행열차에서 내린 충청도 어느 소읍. 시골은 어디나 버스가 뜸합니다. 바다마을까지 삼십리 길이 안타깝게도 포장되어 있었습니다. 포장도로는 자동차와 같은 기계의 길일 뿐, 사람의 길로 만든 게 아닙니다. 포장도로는 비포장 흙길보다 걷는 데 더 힘이 듭니다. 우리들의 발바닥 구조부터가 그렇지요. 발은 본래부터 비포장용으로 설계되어 있습니다.

얼핏 보면 편리해 보이지만, 우리 몸뚱어리가 그 기계적인 편리에 맞추기 위해 얼마나 몸속 곳곳에서 속앓이를 하고 있는지 사람들은 잘 모릅니다.

「한쪽이 편리해지면 어느 한쪽은 불편해지는 것이 우주의 법칙인 것을….」

포장도로는 비포장 흙길보다 걷는 데 더 힘이 듭니다.
우리들의 발바닥 구조부터가그렇지요.
발은 본래부터 비포장용으로 설계되어 있습니다.

지렁이가 가는 곳

길 위에 몸뚱어리가 짓뭉개진 지렁이 한 마리를 만났습니다. 길을 건너다가 자동차에 치인 것입니다. 하반신은 도로에 눌러붙어 있고, 상반신은 앞으로 나아가려고 안간힘을 쓰고 있습니다. 살아남은 반신의 지렁이를 구해 길가 풀섶으로 옮겨 주었습니다. 몸이 토막나도 다시 살아날 수 있게 한 조물주의 은혜에 감사하면서—.

그런데, 이 무더운 여름날, 지렁이는 무슨 일이 있어서 시원한 땅속을 두고 밖으로 나왔을까, 그리고 어디로 가는 걸음이었을까. 그렇습니다. 목숨을 걸고라도 가야 할 곳이 그에게 있었을 것입니다. 그렇다면 죽어서라도 가야 할 것입니다.

"잘 가거라, 친구여…."

어미벌의 지혜

해인사가 가까운 낙동강 마을 어느 시
골 초등학교입니다. 선생님이 아이들을 데리고 학교 앞 강숲으로 나왔습니다.
야외 자연학습시간입니다.

자고새면 보는 것이 자연이지만, 아이들의 눈은 늘 호기심에 차 있습니다.
한 아이가 아까부터 저만큼 떨어져 뭔가에 열중해 있습니다. 쌍살벌집입니다.
막 깨어난 새끼가 벌집 속에서 꼬물거리는 게 너무 신기해서 꼬챙이로 새끼의
궁둥이를 툭툭 건드렸습니다.

그러자 어미벌이 어디선가 날아왔습니다. 어미벌은 선생님을 찾아가 팔뚝
을 쏘았습니다.

'선생님, 쟤 좀 봐요'

자연은 그렇게 자애롭고 지혜롭습니다.

비암사의 질경이

　　비암사를 찾아가는 길이었습니다. 논
뜰 가운데로 경운기 길이 쭈욱 나 있었습니다. 가뭄으로 메마른 길바닥에 질
경이들이 뿌리를 박고 있습니다. 옛 사람들은 수레바퀴나 사람 발자국을 따라
서 난다고 해서 '차전자車前子'라 했던 풀입니다.

　　아나나 다를까, 잎과 줄기들이 경운기 바퀴에 밟혀서 눈이 쓰리도록 짓이
겨져 있었습니다. 온전한 잎사귀 하나 없는 참혹 속에서도 연녹빛 꽃대궁이가
올라왔습니다. 그 끄트머리로 깨알보다 작은 씨앗들이 단단히 여물었습니다.

　　자연생명은 늘 그렇게 목숨을 걸고 새 생명을 잉태시킵니다.

논뜰 가운데로 경운기 길이 쭈욱 나 있었습니다.
가뭄으로 메마른 길바닥에 질경이들이 뿌리를 박고 있습니다.
옛 사람들은 수레바퀴나 사람 발자국을
따라서 난다고 해서 '차전자'라 했던 풀입니다.

팔공산 밑들이

팔공산 들숲에 밑들이 메뚜기들이 엉덩이를 다 내놓고 여기저기 뛰어다닙니다. 밑들이 메뚜기는 날개가 퇴화되어 거의 알몸입니다. 그래서 새들이 즐겨 잡아먹습니다. 그러나, 그들이 아무리 못생겨도 새들의 밥만으로 태어나지는 않았습니다.

생명을 가진 세상의 모든 것들은 그것으로 끝나지 않고 다시 무엇인가로 다시 태어날 것입니다. 따라서, 그것들은 언젠가 인간이었을 수도 있고, 언젠가 인간으로 태어날 수도 있는 것들입니다. 그저 아무 의미 없이 태어나 다른 종의 밥으로만 살다가 소모품처럼 끝나고 만다면, 우리의 기도는 밤을 지새우지 않아도 될 것입니다.

칠보산의 봄

　　　　　　칠보산 기슭은 바다가 가까워 봄이 빠릅니다. 이미 봄이 땅속에서 난리를 피워 꽃은 꽃대로, 곤충은 곤충대로, 개구리는 개구리대로 겨울을 뚫고 지상으로 나오기 시작했습니다. 그러나, 서로 나가려고 새치기하는 것들은 어느 것도 없습니다.

　세상 만물은 모두 제철을 알고 있습니다. 저들은 땅 속에서도 계절 바뀌는 것을 알고, 해가 뜨고 지는 것을 압니다. 햇볕 며칠 따사롭다고 함부로 꽃망울 터뜨리지 않고, 꽃샘바람이 아무리 차도 터뜨릴 때면 서슴없이 꽃잎을 피웁니다.

　철모르고 깝죽대는 것은 인간 밖에 없습니다. 제때 아닌 때에 마음을 일으키고, 제것 아닌 것을 탐하는 것은 세상에 인간들뿐입니다.

어부와 갈매기

　　　　　원산도로 건너가는 대천 포구에는 갈매
기들이 많습니다. 먼 옛날 어느 바닷가에 한 어부가 있었습니다. 바다에 나가
면 갈매기들이 그를 반겨 어깨 위에 내려앉았습니다.

어느 날, 갈매기 고기가 맛있다는 이야기를 들은 어부의 아내가 그에게 갈매기를 잡아오라고 했습니다. 그런데, 다음 날 바다에 나갔더니 어찌된 영문인지 갈매기가 한 마리도 어부의 어깨에 내려와 앉지 않았습니다. 자신을 헤치려는 기심機心을 미리 알아챈 것이지요.

우리 시대의 자연환경이 병들고 파괴된 것도 우리 사회에 팽배해진 기심 때문일 테지요.

굴뚝새와 생명공학

숲 속에 빈 집 하나가 풀더미에 묻혀 있습니다. 기약 없이 떠난 주인을 기다리며 찔레꽃이 화사하게도 피었습니다. 문짝이 뜯겨진 빈 집을 굴뚝새 한 마리가 어디엔가 알을 낳아놓고는 마당에서 대청으로, 대청에서 뒤뜰로 제집 드나들듯 합니다.

굴뚝새는 왜 굴뚝새 알만 낳고, 고슴도치는 왜 고슴도치 새끼만 낳는지. 생각할수록 참으로 기이한 일입니다. 옛적부터 천년만년 그래왔고, 앞으로도 천년만년 그럴 테지요. 만약, 굴뚝새가 자라도 낳고, 땅강아지도 낳고, 말미잘도 낳는 세상은 그것으로 파멸입니다.

지금 생명공학이 그런 불장난을 하고 있지요.

논둑 콩 세 알

　　　　　　　논둑에 논둑 콩들이 시퍼렇게 자라고
있습니다. 그러나, 오랜 가뭄 끝이라 가지와 잎사귀들이 모두 축 늘어져 있네
요. 하늘에 목매달고 있는 모습은 사람이나 곡식이나 풀꽃이나 다를 바 없습
니다.

　옛 사람들은 모심기가 끝나면 논둑 콩을 심었지요. 농부들은 논둑 콩을 꼭
세 알씩 심었다고 합니다. 한 알은 땅 속의 곤충들을 위하여, 또 한 알은 새들
을 위하여, 마지막 한 알은 그들의 양식을 위하여.

　이 풍요로운 물질의 시대를 우리는 얼마만큼 내놓으면서 살고 있을까요.

물자라의 짝짓기

　　여름날 논웅덩이에 물자라 몇 마리가 자맥질을 하고 있습니다. 그 독한 농약을 마시고도 용케도 살아남았군요.

　　물자라는 한 차례 짝짓기를 해서 오직 한 개의 알만 낳는답니다. 통상 백여 개의 알을 얻기 위해 암컷은 백여 차례나 짝짓기를 해야 하는 괴로움이 있습니다. 암컷이 알을 낳아놓고 죽으면, 수컷은 알이 부화할 때까지 등짝에 짊어지고 다닙니다. 행여 알이 떨어질까 조바심이 되어 부화할 때까지 아무것도 먹지 않는답니다.

　　생명은 추잡한 쾌락 끝에 태어나는 것이 아니라 성스러운 희생 끝에 탄생합니다.

황악산 할미꽃

　　직지사로 가는 황악산 양지 기슭에 할미꽃이 혼자 피었습니다. 생각하면 산만큼 신중하고 과묵한 것도 세상에 없을 듯합니다. 그러면서도 산은 한없이 섬세하지요. 할미꽃은 언제쯤 피우고, 매미는 언제쯤 밖으로 내보내고, 꾀꼬리는 언제쯤 불러오고, 단풍은 언제 물들일 것인지를 산은 늘 생각합니다.

　　그리고, 산은 헤아릴 수 없이 많은 자식들을 하나하나 챙깁니다. 쑥부쟁이는 이 들녘에 놓고, 호랑나비는 저 기슭에 풀어놓고, 도롱뇽은 이 골짝에 살게 하고….

　　산은 떨어지는 낙엽까지도 다 제자리를 잡아줍니다. 자연은 흩어진 질서입니다.

한순간도 흐름이 멈추지 않는다

파브르의 나비

나비를 보면 곤충학자 파브르가 생각납니다. 하루는 나비를 관찰하던 중 고치를 뚫고 나오려는 나비를 발견했습니다. 고치를 빠져나오기 위해 나비는 안간힘을 썼습니다. 하지만, 날개가 너무 커서 쉽사리 빠져나오지 못했습니다. 그 모습이 하도 애처로워서 그는 나비가 빠져나올 수 있도록 고치를 찢어 주었지요. 그런데, 고치를 빠져나온 나비는 그만 날지 못하고 그 자리에 주저앉고 말았습니다.

참고 견디는 아픔 없이는 생명은 탄생될 수 없습니다. 모든 생명은 어둠과 질곡의 시간 끝에 탄생되는 것이지요. 세상의 모든 이치가 다 그럴 것입니다.

북한산의 봄꽃

　　　　　　　　　언젠가 아이들을 데리고 가을꽃을 보러 북한산엘 갔습니다. 그때, 어린 초등학생 하나가 "선생님, 꽃은 죽어서 무엇이 되나요?" 하고 생뚱맞게 물어왔습니다. 코앞에 바짝 붙어서 늘상 내 눈만 바라보던 아이였습니다. 어른들도 생각하지 못하는, 너무나 아름다운 질문에 얼른 대답해 주었습니다. "그럼! 아름다운 꽃들은 죽어서 아름다운 사람들이 된단다."

　학교 선생님들이 코웃음을 치겠지만, 그 아이에겐 정답이었을 것입니다. 요즘 사람들은 지혜보다 지식을, 지식보다 정보를 더 쳐줍니다. 정보로 무장한 이들이 더 잘 나가고 더 돋보이는 세상은 뭔가 잘못된 세상이지요.

　정보는 짧고 지혜는 길다는 것을 몸으로 깨닫기까지는 참으로 오랜 시간이 걸릴 테지요.

콩게의 몸살

피서철이 지난 가을바다는 조용히 비어 있습니다. 잔물결과 바람의 흔적만이 남아 있는 드넓은 모래밭에 콩게들이 열심히 땅을 파고 있습니다.

콩게는 어린아이의 새끼손톱만큼이나 작습니다. 그래도 그 속에 오장육부가 다 들어가 있습니다. 피도 흐르고 심장도 뛰지요. 우주를 함께 살아가는 다 같은 생명의 친구들입니다.

하지만, 우리는 단 한번도 콩게의 몸살을 생각해본 적이 없습니다. 잠자리의 감기도, 박새의 빈혈도, 버들치의 심장병도 걱정해본 적이 단 한번도 없습니다.

만물의 영장이라 자처하면서 자고새면 산 깎고 바다 메울 생각들만 해왔지요.

산은 헤아릴 수 없이 많은 자식들을
하나하나 챙깁니다.
쑥부쟁이는 이 들녘에 놓고,
호랑나비는 저 기슭에 풀어놓고,
도롱뇽은 이 골짝에 살게 하고….
산은 떨어지는 낙엽까지도
다 제자리를 잡아줍니다.
자연은 흩어진 질서입니다.

임진강의 엉겅퀴

임진강변에 엉겅퀴가 피었습니다. 사슴처럼 목이 긴 우리 꽃입니다. 같은 동네에 살아도 낯선 눈으로 보면 모든 게 늘 낯설기 마련입니다. 하지만, 어디서 만나든 낯익은 눈으로 먼저 아는 체를 하면 누구와도 쉽게 이웃이 됩니다.

무엇이든 모른 체 하고 지나치면 아무것도 아니지요. 하지만, 한번 아는 체를 해주면 다음엔 그 꽃들이 먼저 나를 보고 아는 체를 합니다. 별꽃·달개비·까마중이·꽃다지·며느리밑씻개·쑥·민들레·제비꽃·구절초….

세상의 아름다움은 우리들이 하나하나 이름 불러가며 만들어 가는 것입니다. 꽃은 우리가 눈길을 주어야 비로소 꽃입니다.

월악산의 땅값

　　　　　　　　　월악산으로 가을꽃 나들이를 갔습니다. 아름다운 곳에 이르러, 누군가가 생뚱맞게 물었습니다.

"여기는 평당 얼마씩 가요?"

한참동안 말문을 열지 못했습니다. 설령, 그 땅을 거금을 주고 샀다 한들 어디 그게 제 땅이겠습니까. 거기에는 민들레 몫도 있고, 메뚜기 몫도 있고, 땅 강아지 몫도 들어 있을 것입니다. 또, 개울물인들 어찌 저들의 것이겠습니까. 거기에는 퉁가리 몫도 있고, 가재 몫도 있을 텐데요.

그런데도 사람들은 저들끼리만 땅값을 주고받습니다. 아무리 억만금을 주고 사도 자연무위법으로는 불법 무단점용에 불과합니다.

돈푼께나 있다는 사람들일수록 그런 질문을 더 잘한다지요.

보길도 갯돌

보길도 예송리 바닷가에는 갯돌이 많습니다. 파도소리를 들으려고 갯돌을 귀에 갖다대는 순간 따뜻한 갯돌의 체온에 그만 놀라고 말았습니다.

돌은 살아있습니다. 계절에 따라 돌의 체온은 늘 바뀝니다. 하루에도 수없이 바뀌지요. 하지만, 돌은 햇볕의 양에 따라 그저 물리적으로 뜨거웠다가 식었다가 하는 게 아닙니다. 체온이 있다는 것은 반응이 있다는 것이요, 반응이 있다는 것은 살아있다는 것입니다. 돌이 진정 죽은 것이라면 어찌 그런 반응을 보일 수 있겠는지요. 수시로 변하는 돌의 체온은 자신이 살아있다는 것을 다른 만물들에게 알리는 무한히 말없는 메시지입니다.

진정 죽은 것은 이 세상에 아무것도 없는지도 모르겠습니다.

돌은 살아있습니다. 계절에 따라 돌의 체온은 늘 바뀝니다.
하루에도 수없이 바뀌지요. 수시로 변하는 돌의 체온은
자신이 살아있다는 것을 다른 만물들에게 알리는 무한히 말없는 메시지입니다.

승봉도의 들국화

　　승봉도에도 가을이 찾아왔습니다. 가을이면 섬은 들국화에 뒤덮입니다. 구절초를 비롯해서 벌개 · 미취 · 수리취 · 곰취 · 쑥부쟁이 · 산국 · 감국 · 왕고들빼기 · 털쇠서나물 · 분취 · 익모초 · 사데풀 · 해국…. 모두가 그 섬의 들국화들입니다.

　　하지만, 들국화들이 아무리 지천으로 피어도 지구 밖에서는 그 어떤 꽃 한 송이도 갖고 올 수 없습니다. 오직 지구에만 들국화들이 피고 진다는 사실입니다. 지구의 들국화들은 우주적으로 모두가 천연기념물입니다. 어디 들국화뿐이겠습니까. 이 지구상에 살아있는 모든 것들은 다 그렇게 우주적으로 태어나는 것입니다.

　　아니, 이 지구 자체가 바로 하나의 거대한 우주적 생명입니다.

관악산 멧비둘기의 죽음

관악산 등산로에 멧비둘기 한 마리가 죽어 누워 있습니다. 몇 날을 저렇게 누워 있었을까요. 그렇게 가볍고 날렵하던 두 날개도 지상에 뉘고 보니 저토록 무겁습니다. 살아있는 동안, 애욕의 살덩어리가 얼마나 짐스러웠을까요. 모든 애욕을 버린 채 누워 있는 모습이 참으로 평온해 보입니다.

몇 마리의 이름 모를 곤충들이 모여 그의 시신을 열심히 염殮해 주고 있습니다. 그 위로 낙엽이 수의壽衣가 되어 떨어져 덮입니다. 그런데, 멧비둘기는 육신을 벗어놓고 어디를 그렇게 바삐 갔을까요. 이승을 돌아도 보지 않고 아주 미련 없이…. 그렇습니다. 그에겐 생사生死가 없는 영락永樂이 어디엔가 있었을 것입니다.

"그래, 잘 가거라. 내 친구여…."

계룡산의 주홍부전나비

　　주홍부전나비 한 마리가 공주처럼 낮잠을 자고 있습니다. 가만히 숨죽이고 들여다봅니다. 광택 나는 주홍색 날개며, 주근깨처럼 귀여운 점들이며, 수정 같은 까만 눈이며, 비단올 같은 더듬이며, 저 평화로운 잠자는 모습까지도 조물주가 혼자서 만들어 어느 날 갑자기 지상에 내놓은 것이 아닐지도 모릅니다.

　　그렇습니다. 나비들은 나비 아닌 다른 것들에 의해 태어나고 길러져 왔습니다. 사람도 그렇습니다. 사람은 사람 아닌 것들에 의해 태어나 대자연의 다른 모든 것들에 의해 길러져 오늘에 이른 존재입니다. 따로 별난 것이 아닙니다.

　　자연은 생명들을 낳고 기르는 어머니입니다. 모든 생명체들은 자연의 여러 자식들 중 하나일 뿐입니다. 이 지구상의 그 어떤 생명들도 자연이 낳지 않은 것이 없습니다. 자연의 소중함과 위대함이 거기에 있습니다.

모든 생명체들은 자연의 여러 자식들 중 하나일 뿐입니다.

이 지구상의 그 어떤 생명들도 자연이 낳지 않은 것이 없습니다.

자연의 소중함과 위대함이 거기에 있습니다.

배롱나무의 이름

　　여름부터 가을까지 명옥헌 앞뜰은 배롱나무꽃이 지천입니다. 참으로 배롱나무꽃을 사랑하는 사람이면 추운 겨울에도 마음 속 뜨락에 배롱나무꽃을 피울 수 있습니다. 물론 웅웅거리는 꽃등애도 불러올 수 있습니다. 아니, '배롱나무' 하고 말하면 그 말 그 속에는 꽃등애가 이미 함께 들어 있습니다. 어디 꽃등애뿐이겠습니까.

　　'배롱나무'는 꽃등애와 함께 '배롱나무'이며, '쉬리'는 맑은 여울과 함께 '쉬리'이며, '박새'는 숲과 함께 '박새'입니다. 모든 생명들은 따로 존재하지 않습니다. '인간'도 자연과 함께 비로소 '인간'입니다. '나' 역시 그대들과 함께 비로소 '나'입니다.

'배롱나무'는 꽃등애의 다른 이름이며, '박새'는 숲의 또 다른 이름입니다.
인간도 그렇습니다.

인간은 자연의 또 다른 이름입니다. '나'는 그대들의 다른 이름입니다.

칠장사 행자 이야기

한남금북정맥 칠장산 중턱에 칠장사가 앉아 있습니다. 칠현선방 마루에 앉아 옛 생각에 잠겼습니다.

겨울이면 행자行者는 산에 가서 나무를 해다가 그 많은 방에다 군불을 넣는 게 일과였습니다. 불길이 약한 걸 보니 오늘도 썩은 나무를 해온 모양입니다. 행자는 골짜기에 빙판이 지고 눈이 쌓이자 종종 손쉬운 썩은 나무를 해왔습니다.

어느 날 노스님이 곁에 와서 말했습니다.

"앞으로는 썩은 나무를 해오지 마라."

"왜요, 스님?"

그러자, 노스님은 말없이 썩은 나무를 뚝 잘라 보였습니다. 그 안에는 많은 곤충들의 애벌레들이 겨울을 나기 위해 꼼작대고 있었습니다.

"이걸 아궁이 속에다 넣었으니…. 네가 화탕지옥을 만든 게로구나!" 하셨
습니다.

　행자는 조용히 합장하고 썩은 나무들을 지고 산으로 도로 갖다 놓았습니다.

제비꽃의 자리

　　　　　　　　내가 나에게 짐스러우면 사는 일이 버거워집니다. 그럴 때는 한강으로 나가 봅니다. 강가에 앉아 빨래하듯 나를 강물에 설렁설렁 헹구어냅니다.

　난쟁이 제비꽃도 나와 함께 강을 보고 앉았습니다. 비탈진 시멘트 블록 사이에 뿌리를 내리고 꽃을 피웠습니다. 아무래도 제자리가 아닌 듯하지만, 아랑곳하지 않고 꽃을 피웠습니다. 냉이도 봄빛을 머금고 그 둑 아래 화사하게 피었습니다.

　물물각득기소物物各得其所. 논어에 나오는 말입니다. 모든 사물은 각각 제자리에 있다고 성인은 말했습니다.

그렇습니다. 그 꽃은 거기에 피어 있지 않으면 안 되고, 저 나비는 저 꽃에 앉지 않으면 안 되는 까닭이 있을 것입니다. 한 마리의 새도 자기 자리 아닌 곳에서 울지 않으며, 냇가의 조약돌 하나도 자기 자리 아닌 곳에 있을 수 없는 이치가 우주 안에 있습니다.

　　그렇습니다. 세상에 어느 하나도 엉뚱한 시공간時空間에 자리한 것은 없습니다.

　　참으로 경이롭고 은혜로운 생명입니다.

박달재 까치밥

　　　　　　　　박달재 밭머리에 잎을 떨어낸 감나무가 허허로이 서 있습니다. 서리 앉아 더욱 빨개진 까치밥 몇 알이 감나무 꼭대기에 달려 있습니다. 까치, 직박구리, 박새, 곤줄박이….

　동네 뭇 새들이 그 까치밥을 나눠 먹고 긴긴 겨울을 납니다. 까치밥, 옛 사람들이 물려준 아름다운 풍속입니다.

　하지만, 옛 사람들이 새들만을 위해서 까치밥을 남겨놓은 것은 아닐 것입니다. 감이 사람들의 먹거리나 새들의 밥으로만 이 지상에 나온 것이 아니기 때문입니다. 감나무도 천년만년 종자를 퍼뜨리며 누대를 살아갈 수 있는 생존의 권리를 생각했기 때문입니다.

　옛 사람들은 독초라도 씨앗을 말리는 법이 없었습니다.

　까치밥을 보며 옛 사람들의 넉넉하고 따뜻한 생명세대주의를 생각합니다.

남대천의 어린 연어

　　백두대간의 잔설들이 녹아내리고 있습
니다. 요즘 남대천 하구는 물고기들의 바톤 터치가 한창입니다. 숭어 · 황어 ·
은어들은 바다로부터 남대천을 찾아 올라오고, 새끼손가락만한 어린 연어들
은 바다로 내려갈 채비를 합니다.

　어린 연어들은 단번에 바다로 나아가지 않고, 바다와 민물 사이를 여러 날
오르내리면서 바다살이에 알맞게 자신의 몸 색깔과 살의 조직을 바꾸어 갑니
다. 거친 파도와 짠물과, 그리고 큰 고기들이 호시탐탐 노리고 있는 바다로 나
아가기 위한 혹독한 자기 훈련입니다.

　바닷고기가 되기 위해 스스로 택한 어린 연어의 시련은 그대로가 눈물어린
감동입니다.

관악산 약수

관악산 약수터에는 수도꼭지가 달려 있습니다. 약수를 아끼려고 사람들이 박아놓은 것이지요. '수도꼭지를 잘 잠가 주세요'라는 팻말까지 내건 곳도 있습니다.

하지만, 약수는 본래 그 산에 살고 있는 동식물들의 소유입니다. 그런데, 인간들이 올라와 약수를 독차지하면서 이들이 갈증에 시달려 하나 둘씩 산을 떠나버리고 이젠 다람쥐조차 보기 어렵게 되었습니다. 약수터에 올 때마다 자기들만 물을 마시겠다는 인간들의 염치없는 이기주의가 섬뜩합니다.

약수는 우리가 그들에게서 얻어 마시는 것입니다. 이제는 약수의 주인들을 생각해볼 때입니다. 약수가 흘러내려 아래쪽에 괴도록 해주면 청설모도 내려와 목을 축이고, 새들도 날아와 목욕을 할 텐데 말입니다.

약수는 본래 그 산에 살고 있는 동식물들의 소유입니다.
그런데, 인간들이 올라와 약수를 독차지하면서
이들이 갈증에 시달려 하나 둘씩 산을 떠나버리고
이젠 다람쥐조차 보기 어렵게 되었습니다.

계룡산 매미

계룡산 기슭에 매미소리가 자지러지고 있습니다. 여름매미들이 떠나기도 전에 가을매미들이 숲속에 들어와 웁니다.

매미는 몇 년간을 땅속에서 지내다가 마지막 한 해를 지상에서 보냅니다. 그것도 고작해야 여름 한 철입니다. 깜깜한 땅속에서 몇 해를 참고 견뎌온 매미의 지혜와 노력이 아름답습니다.

매미는 한 나무에 여러 종류가 붙어 삽니다. 그러면서도 한꺼번에 울지는 않습니다. 말매미는 말매미대로, 유지매미는 유지매미대로, 또 참매미는 참매미대로 각기 차례를 정해서 따로 웁니다. 한꺼번에 울면 다른 나무에 있는 자기 짝들이 소리를 알아듣지 못하기 때문입니다.

매미들은 수천만 년을 그렇게 살아왔답니다. 자연의 질서는 이렇게도 신비하고 정연합니다.

과학영농이라는 이름의 교활

　　　　　　　　　　막차는 놓쳤지만, 시골 밤길을 걷는 즐
거움을 얻었습니다. 저녁이 되자 농부들은 들판의 상추 비닐하우스를 돌아다
니며 밤새도록 전등을 켜기 시작합니다. 요즘 들녘은 전에 보지 못했던 희한
한 불야성이 펼쳐집니다.

　상추 농사는 꽃이 피면 끝장입니다. 꽃이 피면 상추 잎이 더 이상 자라지
않기 때문입니다. 전등불을 켜놓으면 상추들은 낮인 줄 알고 쉬지 않고 자랍
니다. 그래서 농부들은 더 많은 상추 잎을 따기 위해 꽃이 피지 못하도록 밤새
도록 비닐하우스 안에 불을 켜두는 것입니다. 시중에 나온 상추나 깻잎들도
그렇게 잠 한숨 자지 못하고 나온 가여운 생명들이지요.

　과학영농, 인간들의 또 다른 교활입니다. 들길을 걸으며 상추들의 길고 힘
겨운 불면不眠의 밤을 생각합니다.

밤을 빼앗긴 생명들을 위해 오늘 이 한밤은 함께 뜬눈으로 걸어가려고 합니다.

미황사 대웅전의 기둥

해남 달마산을 다녀왔습니다. 불교의
남방 전래설이 깃든 미황사가 바로 그 산의 절집입니다. 대웅전 주춧돌에 새
겨진 게와 거북이도 재미있거니와 문짝의 호랑나비 장식도 아름답습니다.

그러나, 그보다 더 아름다운 것은 대웅전 두리기둥에 곱게 드러난 나뭇결
입니다. 그렇게 아름답고 신비한 나뭇결은 세상에 흔치 않습니다. 어느 조각
가인들 그렇게 신비한 조각을 빚어놓을 수 있을까요. 보는 사람 없는 사이에
해마다 조금씩 뒤틀리고, 갈라지고, 터지고 해서 생긴 나뭇결입니다. 머릿결
보다 더 섬세하고 어지러이 헝클어진 나뭇결은 세월이 지나간 흔적들입니다.

나뭇결의 모양이 해마다 달라져 가는 것을 보면 나무는 죽어서도 그렇게
살아서 늙어가고 있습니다. 그렇습니다. 영원한 죽음은 없습니다. 다만 변화
의 무상無常만이 우주에 존재할 뿐입니다.

머릿결보다 더 섬세하고 어지러이 헝클어진 나뭇결은
세월이 지나간 흔적들입니다.
나뭇결의 모양이 해마다 달라져 가는 것을 보면
나무는 죽어서도 그렇게 살아서 늙어가고 있습니다.

물떼새와 공룡

봄가을이면 강화도 여차리 갯벌에는 나그네새들의 UN총회가 열립니다. 때맞춰 가면 여러 종류의 물떼새 무리들을 볼 수 있습니다. 발자국도 남지 않을 정도로 가냘픈 다리로 물가를 총총 걸어 다니는 물떼새의 모습은 여간 앙증맞지 않습니다.

그러나, 놀랍게도 물떼새의 아버지, 아버지, 아버지, 아버지는 공룡입니다. 모든 새들의 몸 속에는 공룡의 피가 흐르고 있습니다.

처음에는 네 발로 나무 사이를 건너다니다가 어깨와 몸통 사이에 날개막이 생겨나서 시조새가 되었습니다. 덩치와 체중을 줄이고, 뼈의 구조를 바꾸고, 날개를 달고, 깃과 꽁지를 만들고, 발가락을 내고…. 살아남기 위한 고통스러운 진화를 택한 새들의 아버지!

인간은 언제쯤 욕망의 군살을 빼고 저들과 어울릴 수 있을는지요.

논 비우기

백로를 만나러 여주로 가는 길이었습니다. 차창 밖의 푸른 논을 보고는 문득 논둑을 걷고 싶어졌습니다.

멀리서 본 것과는 달리 논바닥은 말라 있었습니다. 날이 가물어서가 아닙니다. 태풍을 앞두고 농부들이 물을 빼서 논바닥을 꾸덕꾸덕 말린 것이지요.

'서울놈들은 비만 오면 풍년이란다'는 속담처럼 농사를 모르는 이들은 논에 물이 가득 차 있으면 벼가 잘 자라는 줄 압니다. 하지만, 논에 물이 늘 차 있으면 오히려 벼가 부실해서 하찮은 태풍에도 잘 넘어집니다. 가끔은 물을 빼고 논을 비워야 벼가 튼튼해집니다. '가뭄에 큰다'는 속담이 바로 그 말입니다.

세상살이도 그렇습니다. 삶의 그릇에 물을 채워야 할 때가 있고, 물을 비워야 할 때가 있습니다. 그대가 마음을 비울 때는 그 언제인지요?

삼나무와 개불알풀

제주도 산굼부리 가는 길에는 삼나무 숲이 좋습니다. 연병장에 나온 병정들처럼 든든해 보입니다. 그 삼나무 숲속에 좁쌀 같은 개불알풀이 꽃을 피웠습니다. 개불알풀은 이른봄에 피는 연자줏빛 풀꽃입니다.

사람들은 장대 같은 삼나무 숲만 쳐다볼 뿐 그 발아래 좁쌀 같은 개불알풀은 거들떠도 보지 않습니다. 아니, 워낙 작아서 눈에 띄지도 않습니다.

그러나, 삼나무도 개불알풀도 스스로가 지존무상至尊無上입니다. 덩치 좋다고 으스대지 않고, 덩치 작다고 기죽지 않습니다. 아무리 커도 으스댈 것 없고, 아무리 작아도 비굴해질 것이 없음을 그들은 알고 있습니다.

유리하면 교만하고, 불리하면 비굴해지기 쉬운 것은 인생살이뿐입니다.

아름다운 것은 결코 오래 가지 않는다네

개구리의 법문

봄이 깊으면 정선 아우라지 수수밭은 온통 개구리 세상입니다.

송나라 대혜선사의 친구 중에 장구성張九成이라는 이가 있었습니다. '뜰 앞 잣나무'를 화두로 들고 여러 해를 참구했으나 진척이 없었습니다.

그러던 어느 날, 해우소解憂所:화장실에 쭈그리고 앉아 있는데, 어디선가 개구리 울음소리가 들렸습니다. 순간, 개구리 울음소리에 세상의 이치를 단번에 깨치고 말았습니다.

매일같이 개구리가 울어대도 개구리의 '할!'을 들은 자는 그 많은 대중 가운데 장구성뿐이었습니다.

자연은 우리에게 끊임없이 말을 걸고 있지만, 다만, 귀 열린 자들만 들을 뿐입니다.

春天月夜一聲蛙 달 밝은 봄날 밤에 한 마리 개구리 울음

撞破乾坤洪一家 천지를 깨어 온통 하나로 만들었네!

공룡 발자국

먼 옛날 쥐라기 때 경남 고성 앞 바다는 일본까지 거대한 호수였습니다. 그때 공룡들이 호숫가에 살고 있었습니다. 그 후, 호수는 바다 속으로 가라앉고, 호숫가에 살던 공룡들도 지구상에서 사라져 버렸습니다.

공룡들이 남긴 발자국들이 바다 위로 드러난 것은 오랜 뒤였습니다. 고성 바닷가엔 물속에서 멱을 감다 올라온 개구장이 공룡의 발자국도 있고, 저네들끼리 장난을 치다 뒤엉킨 발자국도 있습니다. 더운 여름날 뜨거운 햇볕을 피해 아기공룡을 데리고 그늘기슭으로 올라간 엄마 발자국도 나 있습니다.

지금은 인간시대, 우리는 어떤 발자국을 남기고 있을까요. 인간은 자연사 속의 유령, 어쩜 기계 자국만 남기고 사라질지도 모릅니다.

사자산의 빈 방석

　　　　　　　　빈 경운기를 얻어 타고 딸딸딸 사자산
부처님을 뵈러 갑니다.

영월 땅 주천의 마을들은 참 재미있는 이름들을 가졌습니다. 주천마을은
속세俗世입니다. 다리 건너 첫 마을을 무릉武陵마을이라고 이름지었습니다.

무릉에 도화桃花가 없으면 어찌 신선의 땅이겠습니까. 그래서 무릉마을 위
쪽을 도원桃園마을이라고 이름지었답니다. 선계仙界 위에 불계佛界가 있다고 했
습니다. 그래서 옛 사람들은 도원마을 위쪽에다 법흥法興마을을 두었습니다.

이제 법흥마을 위로는 더 이상 길이 없습니다. 길이 끊어진 사자산에다 텅
빈 적멸보궁 하나 지어 놓았습니다.

누구나 부처되어 와 앉으라고 거기 방석 하나 갖다 놓았습니다.

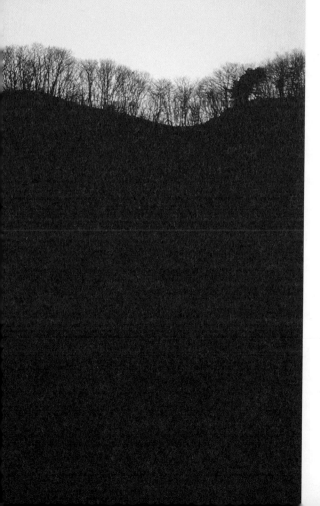

법흥마을 위로는 더 이상 길이 없습니다

길이 끊어진 사자산에다

텅 빈 적멸보궁 하나 지어 놓았습니다.

누구나 부처되어 와 앉으라고

거기 방석 하나 갖다 놓았습니다.

유월의 홍릉 숲

천장산 홍릉 숲의 6월은 참 평화롭습니다. 그러나 반세기 전에는 엄청난 비극이 있었습니다. 울울창창하던 숲들이 전쟁 와중에서 모두 잿더미가 되었습니다.

여기저기 눈에 띄는 노거수老巨樹들은 그때 용케 살아남은 나무들입니다. 말없이 묵묵히 서 있지만, 나무들도 참혹했던 때를 기억하면 몸서리를 칠 테지요. 전쟁은, 인간이 평화가 아니면 자연도 평화가 아님을 우리들에게 가르쳐 주었습니다.

전쟁이 끝나고 맨 먼저 돌아온 것은 꽃과 나무와 곤충과 새들이었습니다. 그때 서로 겨누며 불을 뿜던 총부리는 지금도 살아있는데, 그들만이 인간을 용서하고 돌아와 저렇게 생명의 숲을 이루고 있습니다.

아아, 숲은 남을 용서하는 법을 가르쳐 줍니다.

복천암 가는 길

법주사 뒤로 복천암 가는 숲길은 호젓해서 좋습니다. 등산객들의 발걸음이 뜸한 아침나절이면 걷기에 호젓합니다.

숲길은 언제나 신비롭습니다. 숲길을 걸으면서, 팔의 흔들림을 관觀하고, 내딛는 걸음걸이를 관하고, 발바닥에 느껴져 오는 감촉을 관하고, 시선의 방향과 위치를 관하고, 눈에 들어오는 사물들을 관하고, 콧속으로 들어오는 숲내음을 관하고, 귀에 들리는 물소리를 관하고, 입술을 스치는 바람결을 관하고, 들고나는 숨소리를 관하면서….

종내는 내 몸이 숲과 어떻게 만나서 하나로 어우러지는지를 관합니다. 때로는 걸음을 멈추고, 눈을 감고 서서 내 몸이 어떻게 풀꽃이 되고, 나무가 되고, 물소리가 되고, 솔바람이 되는지를 살펴봅니다.

이것만으로도 숲을 걷는 일은 참으로 경이롭습니다.

황금의 계림 숲

1년 만에 다시 경주를 찾았습니다. 번잡이 싫어서 홀로 계림을 찾아 숲속을 거닐었습니다. 뽀오얀 안개가 걷히고 햇살이 비치기 시작했습니다. 햇볕을 받은 숲은 시나브로 황금숲으로 변하였습니다. 나무들 사이로 햇살이 들어와 나뭇가지와 나뭇잎들도 황금빛으로 빛나기 시작했습니다.

바람이 산들거릴 때마다 황금의 잎들이 영롱히 반짝였습니다. 계림에서 이토록 신비한 광경은 처음이었습니다. 그러다가 신라 금관을 생각해낸 것은 정말 우연이었습니다. 반짝이는 황금나무들은 그대로가 금관의 모습을 닮아 있었습니다.

신라 왕의 아버지인 알지가 그 숲에서 태어났다는 사실이 새삼 감동스럽습니다.

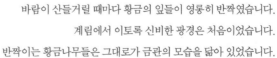

바람이 산들거릴 때마다 황금의 잎들이 영롱히 반짝였습니다.

계림에서 이토록 신비한 광경은 처음이었습니다.

반짝이는 황금나무들은 그대로가 금관의 모습을 닮아 있었습니다.

물건리의 숲

남해 물건리 숲에 와 있습니다. 낙엽 진 숲은 어디나 호젓합니다. 모든 것을 떨어낸 채 허허로이 서 있는 숲을 걷다 보면 나무들의 진면목이 문득 궁금해집니다. 봄날의 신록은 무엇이었으며, 여름날의 녹음은 무엇이었는지, 가을날의 단풍은 또 무엇이었는지….

어느 것이 나무들의 참모습인지, 아니면, 원래 나무는 아무것도 아니었는지, 애초부터 나무는 실재하지 않았던 것인지…. 그것이 궁금합니다.

생명은 어쩜 '변화'의 다른 이름인지도 모르겠습니다. 그것들은 처음부터 어떤 것들의 잠깐의 모습들이거나 아무것도 아니었을지도 모르겠습니다. 세상에 영원한 것은 없으니까요. 영원을 보려면 그것을 보는 내가 영원하지 않으면 안 되겠지요. 하지만, 그것은 아무래도 가당찮은 일인 듯합니다.

이렇듯 낙엽진 숲속은 우리를 가끔 철학자로 만들어 줍니다.

씀바귀

        예천 강촌마을에 봄햇살이 쏟아집니다. 물 맑은 내성천 강둑에 아낙들이 나와 봄나물을 뜯고 있습니다. 씀바귀·고들빼기·민들레…. 모두가 쓴 맛 나는 국화과의 봄나물입니다.

    잎을 꺾었을 때 나오는 흰 액체가 입맛을 돋워 준다고 했습니다. 봄에 입맛을 잃고 투정하면 어머니는 "요놈들, 웬 밥투정이야. 어디 쓴맛을 좀 보여줘야지" 하며 밥상 위에 내놓으시던 바로 그 추억 속의 나물들입니다.

    국화과 봄나물들은 꽃이 지면 곧바로 씨앗이 익어서 바람에 날려 퍼집니다. 여러해살이 풀이지만, 꽃은 1년에 한번 밖에 피지 않기 때문에 꽃을 꺾어버리면 그 해는 씨앗을 퍼뜨리지 못하지요.

    그래서 옛 사람들은 '씀바귀 꽃을 꺾으면 엄마 젖이 준다'는 속담을 만들어냈는지도 모르겠습니다.

목련꽃눈

겨울은 물러났지만, 귓불을 때리는 바람은 여전히 얼음 같습니다.

해남 녹우당, 목련 한 그루가 담장 너머로 길게 목을 빼고 밖을 내다보고 있습니다. 목련은 두 종류의 눈〔芽〕을 갖고 있습니다. 이른봄에 잎으로 돋워낼 잎눈과 꽃으로 피워낼 꽃눈이 그것입니다.

목련은 잎보다 꽃을 먼저 피웁니다. 겨우내 잎눈은 품속에 안고 키우고, 꽃눈은 내다놓고 키웠습니다. 잎눈이 줄기 속에서 잠자고 있는 동안에도 꽃눈은 잠 한숨 못 자고 겨우내 나뭇가지 끝에 매달려 삭풍을 견뎌야 했습니다.

　날씨가 풀리면 그때 두 눈을 한꺼번에 내놓아도 될 것을 목련은 고집스럽
게도 꽃눈을 삭풍 끝에 내다놓고 키웠습니다. 잎보다 훨씬 화려하고 아름다운
꽃눈에게 더 혹독한 시련을 주기 위해서입니다.
　세상에 모든 아름답고 화려한 것은 남 모르는 사이에 그렇게 제값을 치르
며 탄생하는 것입니다.

가라산 졸방제비꽃

봄이면 가라산 기슭에도 제비꽃이 핍니다. 하지만, 제비꽃이라고 다 같은 제비꽃이 아닙니다. 제비꽃·졸방제비꽃·알록제비꽃·노랑제비꽃·흰제비꽃·남산제비꽃…. 무수히 많습니다.

또, 졸방제비꽃이라고 해도 다 같은 졸방제비꽃이 아닙니다. 청계산 졸방제비꽃과 가라산 졸방제비꽃이 다를 것입니다.

우리들의 주소가 그렇듯이 졸방제비꽃도 저마다 주소가 따로 있습니다. 가라산 기슭에 사는 졸방제비꽃이면 '가라산 기슭 졸방제비꽃'이라고 따로 불러 줘야 합니다.

가라산 기슭 졸방제비꽃이라도, 최소한 '가라산 동쪽 기슭 매바위 옆 졸방제비꽃' 하고 불러 주어야 예의일 것입니다. 아니, 그 졸방제비꽃에게 편지를 제대로 보내려면 통·반·번지까지 붙여 주어야 합니다.

'거제도 가라산 동쪽 기슭 매바위 옆 고로쇠나무 아래 졸방제비꽃' 하고 말입니다. 그래야 그 졸방제비꽃에게 제대로 편지가 들어갈 것입니다.

그래야만 그 졸방제비꽃이 세상에 둘도 없는 바로 그 졸방제비꽃이 될 테니까요.

선운사 만세루

　　　　　　고창 선운사는 백제인들이 도솔천을 꿈
꾸며 지은 옛 절입니다. 만세루는 천왕문을 지나면 처음 만나는 건물입니다.
대웅전과 마주 앉은 걸 보면 처음엔 다락누각집이었던 모양입니다. 만세루는
수십 개의 기둥과 수백 개의 서까래가 만들어낸 큰 건물입니다.

　그런데, 만세루 건물은 기둥이며 대들보며 서까래며 온전한 것이라고는 하
나도 없습니다. 저마다 굽고, 휘어지고, 뒤틀리고, 꺾여지고, 잘라지고…. 모
두가 하나같이 병신이요, 불구들입니다.

　그런데도 저네들끼리 모여 이리도 천연덕스럽게 멋진 세상을 이루었구나
싶어 눈물이 핑 돌 때가 있습니다.

인간의 눈에는 불구가 있을 지 모르나, 자연의 경계에 들어서면 불구가 없습니다. 휘어지고 뒤틀린 그대로가 자연입니다. 모두가 불이不二요, 원융회통圓融會通입니다.

휘어지고 뒤틀린 것을 가차없이 솎아내고야마는 기계문명의 질서를 거부하는 몸짓으로 오늘도 만세루는 만세입니다.

인간의 눈에는 불구가 있을지 모르나
자연의 경계에 들어서면 불구가 없습니다.
휘어지고 뒤틀린 그대로가 자연입니다.
모두가 불이요, 원융회통입니다.

적자생존이 아닙니다

숲이 아름다운 학교, 청하에 와 있습니다. 아이들이 수업하러 교실로 들어간 사이 진달래가 흐드러지게 피었습니다.

선생님이 칠판에 세모난 피라미드를 그려놓았습니다. 그리고, '먹이사슬'·'약육강식'·'적자생존'을 이야기하고 있습니다. 예나 지금이나 여전히 섬뜩하게 들려오는 낱말들입니다.

'오직 하나뿐인 지구'를 '오직 강한 자만이 살아남는 곳'으로 보는 것은 정복과 시장논리에 익숙해진 서구인들의 생각은 아닌지요. 정말 그렇다면, 약자들은 벌써 이 지구상에서 멸종되고 없어졌을 테지만, 오히려 약자가 강자보다 개체수도 더 많고 종도 더 다양합니다.

이 질곡의 자연사自然史에서 살아남은 것은 강자가 아니라 오히려 약자들입니다.

생명들은 세모난 먹이사슬로 존재하는 게 아니라 무시무종無始無終의 둥근 무위無爲로 존재하는 것은 아닐는지요.

다만, 두려운 것은 스스로가 아닌, 인간에 의해 무위의 오랜 틀이 깨지고 있다는 사실입니다.

남산에 올라

　　오랜만에 남산에 올랐습니다. 팔각정
에서 내려다보는 서울은 매연으로 오리무중五里霧中입니다. 북한산으로부터
띠를 이루었던 그윽한 숲들은 토막난 채 사라지고, 시멘트로 찍어낸 거대한
상자들만 그 자리에 수북이 들어차 있습니다. 불과 몇 년 후면 쓰레기가 될 거
대한 시멘트 상자와 상자들 사이로 사람과 기계들이 뒤섞여 오가고 있습니다.

　　문득 그리스 신화 속의 에릭식톤이 떠오릅니다. 그는 풍요의 숲을 도끼로
찍어낸 죄로 벌을 받아 오랜 배고픔 끝에 자신의 팔다리까지 뜯어먹다가 결국
죽게 되는 어리석고도 불행한 신이지요.

현대인들의 피 속에는 에릭식톤의 피가 흐르고 있습니다. 문명이란 결국 자연을 죽이고 살아온 살벌한 흔적에 불과합니다.

　　만약, 이 지구가 인류의 환경파괴로써 막을 내린다면 인류의 그 어떤 숭고한 정신도, 위대했던 역사도, 찬란했던 문명도 한낱 '금지된 장난'에 지나지 않을 것입니다.

따라해 보십시오

　　　　　　　바닥에 떨어진 낙엽을 보면 나무를 올려다보지 않아도 그 나무이름을 알 수 있습니다. 그 사람이 쓰고 버린 낱말들을 주워보면 그 사람의 삶을 알 수 있습니다.

　인터넷 · 게임 · 카드 · 운전 · 지하철 · 빌딩 · 엘리베이터 · 영어 · 결재 · 벤처 · 세일 · 코스닥 · 커피…. 이런 것들이 우리가 오늘 하루 쓰고 버린 낱말들입니다. 아이들의 언어도 별로 다를 게 없습니다. 학원 · 핸드폰 · 게임 · 왕따 · PC방 · 채팅 · 짱 · 고딩 · CD · HOT….

　일상언어는 그 사람의 삶의 편린입니다. 일상언어는 삶이 기계화될수록 단순해집니다. 도시인들의 단순언어들은 도시의 물신적이고 반생명적인 삶을 그대로 보여 줍니다.

자연의 낱말들은 같은 세상을 살면서도 또 다른 세상으로 우리들을 안내합니다. 자연의 낱말들은 괴리된 자연과의 거리를 좁혀 주고 팍팍해진 도시의 삶을 촉촉하게 적셔 줍니다.

잠시 일손을 멈추고 명상하듯 낱말들을 천천히 소리내어 읽어보십시오. 그리고, 그것들을 떠올리십시오. 햇살·물빛·바람맛·구름·바다·모래·숲·지푸라기·함박꽃·개복숭아·풍뎅이·참개구리·박새·청설모….

잠시 일손을 멈추고 명상하듯

낱말들을 천천히 소리내어

읽어보십시오.

그리고, 그것들을 떠올리십시오.

햇살·물빛·바람맛·구름·

바다·모래·풍뎅이·참개구리·

박새·청설모….

백장암 대숲

오랜만에 지리산 백장암을 찾았습니다. 속눈썹에 걸리는 풍광과 대숲을 스치는 바람소리는 예나 지금이나 여전히 맑습니다.

대나무는 여러해살이 늘푸른나무로, 고온다습한 아열대지방이 고향입니다. 무려 55종이 우리나라에서 산다고 합니다. 대개의 대나무는 40일 안팎이면 성장을 멈출 정도로 빨리 자랍니다. 그래서 대나무는 나이테가 없습니다. 대신, 다른 나무들에겐 없는 마디를 갖고 있습니다.

마디 없는 대나무는 대나무가 아닙니다. 대나무의 마디는 성장까지도 멈추며 고통의 시간을 참고 견딘 고난의 흔적입니다. 대나무 가지와 잎도 그 마디에서 나오고, 땅속 뿌리까지도 그 마디에서 나옵니다. 곧으면서도 잘 꺾이지 않는 강직과 유함도 모두 그 마디에서 나옵니다.

옛 시인이 노래했듯이, 무리 중에 있어도 남에게 기대지 않고, 홀로 있어도 두려워하지 않는 성품〔群居不倚. 獨立不懼〕도 그 마디에서 나옵니다. 그래서 대나무는 선찰禪刹에 더욱 잘 어울리는 나무입니다.

지금 백장암 대숲은 하안거 중입니다.

그 마을의 낯선 이름

일상생활이 인생의 산문이라면 여행은 인생의 시와도 같습니다. 혼자서든 여럿이서든, 여행은 낯선 얼굴들도 낯익은 눈으로 만나게 해주고, 낯선 마을도 낯익은 얼굴로 들어서게 해줍니다.

영동선 산간열차를 타고 현동에서 내렸습니다. 태백에서 낙동강이 내려오고 있는 강마을입니다. 오늘은 해 저물도록 그 물줄기를 따라 걸어 걸어서 내려가 보기로 했습니다. 오래전부터 가보고 싶었던 작디작은 강마을 산마을들이 거기에 있습니다.

물알·아름·황새말·달밭·배름·보릿골·버들미·갈래·꿩마·갈골·뒷실·쏘두들·고리재·올미·가사리…. 물밑에 자갈 구르는 소리처럼 해맑은 마을 이름들입니다. 지나온 마을들을 손가락으로 꼽으며 입속으로 가만히 외우며 길을 갑니다. 마치 시를 읊으며 걷는 것 같습니다.

문득, 두고 온 내 마을의 이름이 떠오릅니다. 종로 1, 2, 3가⋯. 신림 1, 2, 3, 4동⋯. 603, 604, 605번지⋯. 주공 1, 2, 3, 4단지⋯. 현대아파트 1301동, 1302동, 1303동⋯. 쉐르빌 빌리지 A, B, C동⋯. 풍림빌딩 404, 405, 406호⋯. 돌아가 머물고 싶지 않은 마을들의 이름입니다.

평생을 살아도 낯선 동네의 이름입니다.

각연사 물소리

속리산 골짜기에 각연사가 천년을 앉아 있습니다. 절로 들어가는 십리 길은 개울물 소리와 함께 합니다. 다리를 건너고, 논밭을 끼고, 산모롱이를 돌고, 숲을 지나고…. 그때마다 달라지는 물소리를 들으며 각연사로 갑니다.

흐르는 물도 제 각각의 소리로 흐릅니다. 산이 다르면 물소리가 다릅니다. 지리산 뱀사골 물소리와 월악산 송계의 물소리가 다릅니다.

숲이 다르면 물소리가 다릅니다. 솔밭의 물소리와 버들숲의 물소리가 다릅니다. 같은 산에서도 해마다 물소리가 다르고, 계절마다 다르고, 시간마다 다르며, 순간마다 물소리가 달라집니다.

그리고, 듣는 사람마다 물소리가 또 달라집니다. 〈혼불〉을 남기고 떠난 어떤 소설가는 어느 계곡에 갔다가 물이 '소설, 소설, 소설…' 하고 흐르는 소리를 들었다고 했습니다.

각연사 스님들은 어떤 물소리를 듣고 사는지가 궁금합니다.

달팽이의 전속력

　　　　　　　　　여름날 설봉산 숲속은 참으로 그윽합니
다. 세월에 쓰러진 나무 등걸에 달팽이 한 마리가 정물靜物처럼 기어갑니다.
어디로 가시는 길인지는 모르지만, 이 광속光速의 시대에 저토록 느려터져서
어떻게 살아가나 싶기도 합니다. 하지만, 달팽이는 지금 전속력으로 달리고
있는지도 모릅니다. 달팽이는 저들만의 시간 단위가 따로 있고, 저들만의 속
도가 따로 있기 때문입니다.

　이 지구의 모든 존재들도 저들만의 시간 단위가 따로 있습니다. 그 시간의
속도로 살아왔고, 또 앞으로 그렇게 살아갈 것입니다. 이 지상의 어떤 생명들
도 인간의 시간 단위에 맞춰 따라오는 것은 없습니다. 이슬은 이슬대로, 풀꽃
은 풀꽃대로 나무는 나무대로, 잠자리는 잠자리대로, 박새는 박새대로 저들의
속도를 지키며 살아갑니다.

예전에는 사람들도 사람들만의 속도로 살았습니다. 그러나, 지금은 참 많이도 달라졌습니다. 사람의 속도는 이미 사라진 지 오래입니다. 지금 사람들은 기계의 속도로 급하게 살아가고 있습니다.

단순하고 느렸던 사람의 속도가 새삼 그립습니다.

이슬은 이슬대로, 풀꽃은 풀꽃대로,
나무는 나무대로, 잠자리는 잠자리대로, 박새는 박새대로
저들의 속도를 지키며 살아갑니다.

화암사 가는 길

오랜만에 화암사를 찾아갑니다. 예산 화암사는 추사 선생의 원력이 깃든 작은 절집입니다. 신례원에서 십리가 넘는 들길이 이리저리 나 있습니다. 한 늙은 농부 내외가 뙤약볕 아래에서 밭을 메고 있습니다.

풀들이 한 뼘이나 자라 있습니다. 풀들은 저마다 뽑히지 않으려고 지상의 줄기와 가지와 잎들을 부르르 떨고 있습니다. 살려달라는 그 몸짓이 너무 애처로워 보입니다. 땅속의 잔뿌리들도 뽑히지 않으려고 저마다 온 힘을 다해 흙을 꼭 잡고 있습니다. 얼마나 단단히 잡고 있었는지 뿌리에 흙들이 매달려 올라옵니다. 더러는 몸뚱어리가 잘려 나가고 짓이겨지는 비참을 감수하면서도 풀들은 제 목숨을 위해 목숨을 겁니다.

밭둑에 내던져진 풀들이 따가운 뙤약볕 아래 말라가고 있습니다. 죽음 앞에 몸부림치느라 풀들은 저마다 고통스럽게 비틀려 있습니다. 흙을 잡은 채 말라죽은 뿌리가 눈을 아프게 합니다.

돌아가 농사지으며 살리라는 꿈이 갑자기 버거워집니다.

절집의 땡감

마곡사로 가는 시골길입니다. 감나무 한 그루가 대처로 떠난 주인을 기다리며 담장 밖을 내다보고 서 있습니다.

감은 성질이 수더분해서 마당이나 밭둑이나 언덕배기나 가리지 않고 잘 자랍니다. 사과나 배처럼 따로 관리를 하지 않아도 저들끼리 잘도 자랍니다. 또, 감잎은 과일나무 가운데 유일하게 차茶를 제공해 줍니다. 새들이 둥지를 틀지 않고, 해충도 거의 범접하지 않아 깨끗합니다. 단풍이 들기 무섭게 잎을 떨구어 사람들이 감을 따기 쉽도록 도와주는 자상함도 있습니다. 넓은 잎은 여름날 시원한 그늘을 만들어 줍니다. 이래저래 감은 천생 우리 과일입니다.

가지 끝마다 탐스런 감이 가을 햇살에 익고 있습니다. 감이 붉게 익는 것은 젊은 날의 떫고 쓴 맛을 이겨낸 내출혈의 빛깔입니다. 사람 사는 일도 저와 같을 것입니다.

요즘 절집 안에는 내출혈 없이 설익은 땡감들이 많이 눈에 띕니다.

천성산 부전나비

천성산 산자락에 봄 햇살이 눈부십니다.

5월은 곤충들의 제철입니다. 반딧불이 · 귀뚜라미 · 좀잠자리 · 푸른부전
나비 · 산제비나비 · 장수말벌 · 장수풍뎅이 · 노린재….

고요 속에서 부전나비 한 쌍이 짝짓기를 하고 있습니다. 암수 모두 죽은 듯
이 미동도 없습니다. 바람도 살금살금 지나가고, 풀잎도 미동을 멈추었습니
다. 풀벌레도 울음소리를 멈추고, 새들도 날개를 접었습니다. 나도 따라 숨을
멈춥니다. 온 세계, 아니 온 우주가 정중동靜中動입니다.

그렇습니다. 태초에 모든 생명은 정중동의 숭고한 적멸寂滅 가운데서 탄생
되었을 것입니다. 적멸을 거부한 오늘의 삶은 멸종으로 가는 한 과정이 아닐
는지요.

깊고 간절한 마음은 닿지 못하는 곳이 없다네

나무들의 태교

　　한남과 금북정맥이 갈라지는 칠장산 산마루에 참나무들이 무리지어 서 있습니다. 이제 막 머리를 내민 파란 상수리와 도토리들이 가지마다 달려 있습니다. 어디선가 꾀꼬리 한 쌍이 날아와 태교胎敎 노래를 불러 줍니다.

　　모든 살아있는 것들은 후손을 위해 태교를 합니다. 나무도 예외는 아닐 테지요. 보다 튼실한 열매를 위해 맑은 바람소리와 향기로운 꽃내음과 갖가지 풀벌레소리와 아름다운 새소리들로 태교를 합니다.

참나무숲을 바라보고 있노라니 문득 서울에 두고 온 가로수들이 가여워집니다. 온갖 소음과 오염된 대기 속에 감금된 채 살아가는 서울의 나무들은 제대로 태교를 하지 못합니다. 주말이면 인파로 몸살을 앓는 근교의 나무들도 예외는 아닙니다.

　도심의 나무들이 발아래 자식을 두지 못하는 것도 그 때문이 아니겠는지요. 하긴 어디 나무뿐이겠습니까. 도심의 모든 게 그렇죠. 사람까지도 말입니다.

우포늪 메꽃의 밤

우포늪으로 가는 길섶에 온갖 들꽃들이 피었습니다. 아침 햇살 아래 연분홍 메꽃도 함초롬히 피었습니다.

하지만, 메꽃을 피운 것은 눈부신 아침 햇살이 아닙니다. 메꽃을 피운 것은 차고 어두운 밤입니다. 메꽃은 밤의 긴 터널을 지나서야 비로소 꽃으로 핍니다. 모든 꽃은 밤이 있어야 비로소 꽃이 됩니다.

메꽃은 차고 어두운 밤과 함께 메꽃이며, 목련꽃은 춥고 긴 겨울과 함께 목련꽃입니다. 생명들의 법칙이 다 그렇습니다. 사람도 그렇습니다. 하지만, 사람들은 꽃을 피우기 위한 밤을 '불행'이니 '고난'이니 하며 슬퍼하거나 좌절하거나 심지어는 억울해하기까지 합니다. 그게 다른 생명들보다 못난 점입니다.

요즘은 어두운 밤도 없이 막 핀 꽃들과 고난의 밤도 없이 웃자란 나무들이 너무 많습니다.

모든 꽃은 밤이 있어야 비로소 꽃이 됩니다.
메꽃은 차고 어두운 밤과 함께 메꽃이며,
목련꽃은 춥고 긴 겨울과 함께 목련꽃입니다.
생명들의 법칙이 다 그렇습니다.

거문도의 여름 이야기

거문도는 파도소리만으로도 발이 젖는 섬입니다. 돌담 안에 칸나 꽃이 피어 있습니다. 잠자리는 빨랫줄 장대 끝에서 물구나무를 서 있고, 새끼 제비들은 처마 둥지에서 잠들었습니다. 우무가사리는 지붕 위에서 제 몸을 말리고, 마당의 세발자전거는 넘어져 일어날 줄 모릅니다. 강아지는 제 꼬리를 물고 맴돌고, 파도소리는 대문을 열고 달려와 엎어집니다. 먼 데서 꾀꼬리가 웁니다.

하나도 대수로울 게 없는 평범한 여름 풍경입니다. 누가 불러서 수평선 너머로 구름이 사라지고, 누가 시켜서 담장 아래 칸나가 피고, 무슨 잘못을 저질러서 잠자리가 장대 끝에서 물구나무를 서 있는 게 아닙니다.

마당의 자전거도 저 혼자 넘어져 있고, 파도도 저들대로 엎어집니다. 무위법無爲法은 흩어진 자유자재입니다. 다만, 그 모든 것이 한순간의 질서에 꿰어져 있어 팽팽할 뿐입니다.

용담마을에 와서

오랜만에 진안 용담을 찾았습니다. 산골마을에 그득한 봄 햇살은 솜털마냥 따사롭습니다. 하지만, 정겨운 집과 마을도 이제 머지않아 모두 용담댐 물속으로 가라앉을 것입니다.

주인 떠난 빈집들이 밭 기슭으로 차오르는 물을 불안한 눈빛으로 내려다보고 있습니다. 대대손손 이 밭 기슭에서 살아온 이들은 지금 어디로 떠났는지, 제대로 보상이나 받고 떠났는지 모르겠습니다.

봄날 강변에 파랗게 쌓이던 물소리 값이며, 여름날 대청에서 앉아 듣던 매미소리 값이며, 가을날 물위에 동동 떠내려가던 붉은 단풍잎 값이며, 겨울날 눈밭을 가로질러 가던 고라니의 발자국 값은 받으셨는지 모르겠습니다.

이른 아침 바짓가랑이를 상큼하게 적셔주던 남새밭의 이슬 값이며, 냇물 위로 수없이 쏟아지던 햇살 값이며, 강물 위로 그림자 지던 붉은 노을 값이며, 뒷동산 참나무숲에 걸려 있던 달빛 값은 제대로 쳐서 받으셨는지….

아아, 용담댐에 숨막히게 물이 차오르고 있습니다.

누가 불러서 수평선 너머로
구름이 사라지고,
누가 시켜서 담장 아래
칸나가 피고,
무슨 잘못을 저질러서
잠자리가 장대 끝에서
물구나무를 서 있는 게 아닙니다.
다만, 그 모든 것이
한 순간의 질서에 꿰어져 있어
팽팽할 뿐입니다.

두물머리 나루에서

남한강과 북한강이 만나는 두물머리 나루에 늙은 느티나무가 한 그루 서 있습니다. 느티나무 그늘 아래 서면 강바람이 시원합니다.

바람도 생명을 지니고 있습니다. 비올 때는 습하고, 가물 때는 바람도 말라 있습니다. 바람도 고여 있으면 썩어서 냄새가 납니다.

바람도 온갖 소리를 냅니다. 주변환경에 따라 바람소리가 달라지기 때문입니다. 솔밭에 가면 솔바람소리를 내고, 바닷가에 가면 바람은 파도소리를 냅니다.

바람도 온갖 맛을 지녔습니다. 피는 꽃이 다르면 바람 맛도 달라지기 때문입니다. 아카시아꽃이 피는 들녘의 바람과 찔레꽃 피는 골짜기의 바람은 맛이 서로 다릅니다.

두물머리 바람도 예전에 비해 소리와 맛이 달라졌습니다. 들과 산이 변하고, 집들과 길과 다리가 새로 생기고, 없던 차들이 지나다니면서 바람소리며 바람 맛이며 많이도 달라졌습니다. 느티나무 그늘에 앉아도 이제 그 옛날 나루터 시절의 바람은 영영 맞을 수 없음이 우리를 슬프게 합니다.

임천강 다락논을 보면

실상사에서 만수천을 따라 의탄을 지나
면 임천강 건너로 계단식 다락논들이 산에서 내려옵니다. 다락논은 지리산에
기대어 살아온 사람들의 순박하면서도 끈질긴 삶을 그대로 닮았습니다. 지형
에 따라 제멋대로 생긴 땅의 경사와 굴곡에 따라 제멋대로 생긴 논배미는 자
연에 순응하면서 살아온 지리산 사람들의 순하디 순한 심성 그대로입니다.

다락논은 바릅니다. 비록 벼랑 같은 비탈에 아슬하게 붙어 있지만, 논바닥
은 결코 어느 한쪽으로 기울어지지 않습니다. 바닥이 비딱한 논은 이웃 다락
까지 망치게 하여 종내는 삽질을 당하고야 말지요.

다락논은 자족을 압니다. 아무리 넓어도 자기가 담을 만큼만 물을 담고 삽
니다. 그 나머지는 아래 다락으로 아낌없이 흘러 보냅니다. 윗다락에 있다고
해서 제 혼자만 둑 터지도록 물을 담아두는 일은 없습니다.

다락논은 참고 견디는 지혜를 보여 줍니다. 바닥이 아무리 메말라 터져도 윗다락에서 보내 주는 물로만 목을 적십니다. 더러 물꼬를 두고 삿대질이 오가기도 하지만, 그건 사람들이나 하는 짓거리지요.

다락논은 원만합니다. 어느 한군데 모난 데 없이 어깨동무를 하고 둥글게 살아갑니다. 모난 논배미는 그 비탈에서 살아날 수 없습니다. 홍수 때면 모난 논들부터 무너진다는 걸 논다락들은 다들 잘 알고 있지요.

임천의 다락논들을 보면, 내가 세상에 맞지 않음은 모르고 세상이 내게 맞지 않음만을 불평해온 지난 시간들이 부끄러워집니다.

모르는 사람에겐 향기도 냄새에 지나지 않는다

패랭이꽃과의 만남

안동 구담마을의 강줄기를 따라 하회 부용대로 가는 길이었습니다. 강물소리 찰랑대는 오솔길 모롱이를 돌아가다가 한 송이 패랭이꽃을 만났습니다.

꽃송이가 참도 함초롬한 것을 보니 오늘 아침에 방금 꽃망울을 터뜨린 듯합니다. 바로 이 아침나절에, 바로 이 산모롱이에서 이 꽃을 만난 것은 참으로 놀랍고 소중한 인연이었습니다. 도무지 그냥 지나치다가 우연히 만난 인연이 아닙니다.

여기서 이 꽃을 만나기까지, 이 세상에서만도 반백년이 넘는 지난 시간이 내게 있어야 했습니다. 세상을 돌고 돌아온 지난 시간들이 없었더라면 어찌 이곳에서 패랭이꽃을 만날 수 있었을는지요.

지금 이 시간이 없으면 다음의 그 어떤 시간도 이어지지 못하듯이, 지금 이 꽃과의 만남이 없으면 다음 어떤 사물과의 만남도 일어나지 않습니다. 모든 것이 그럴 테지요.

지금 이 시간 나와 함께 하는 모든 것들은 억겁의 인연 끝에 나툰 것입니다.

신륵사의 늙은 팔중이

남한강 벽절, 신륵사에도 늦가을 서리가 뽀얗게 내렸습니다. 낙엽은 이미 지고, 곤충들도 모두 제 목숨을 거두었습니다. 그런데, 여태 죽지 못한 늙은 팔중이 한 마리가 지친 몸을 끌며 일주문 안으로 들어서고 있습니다. 주지스님의 〈열반경〉을 들으러 가는 모양입니다.

그러나, 늙고 병든 팔중이에게 부처님은 너무나 멀리 있습니다. 숙환이 너무 깊어 아무래도 법당에 당도하기 전에 숨을 거둘 것만 같습니다. 늙은 팔중이 앞에 앉아 기도하듯 조용히 눈을 감고 염송을 했습니다.

'…이 세상에는 변하지 않는 것이 하나도 없느니라. 그러므로 우리는 인연이 있어서 만났고, 이제 그 인연이 다해 헤어지게 되는 것이니라. 만나면 이별이 있는 것이니, 너무 슬퍼하거나 비통해하지 말라. 세상의 무상한 현상이 바로 이런 것이니라.' —〈열반경〉

새대가리에 대한 담론

주남저수지 드넓은 갈대밭이 활활 타고 있습니다. 새들을 내쫓으려고 지른 불입니다. 뜨거운 불길에 화들짝 놀란 새들이 하늘 새카맣게 솟아올라 우왕좌왕합니다. 새들은 또 불타는 갈대밭을 내려다보며 무슨 생각을 했을까요. 인간은 원수를 가진 이 세상의 오직 한 종種.

미련하고 아둔해서 머리가 잘 안 돌아가는 사람을 '새대가리'라고 하지만, 새들이야말로 참으로 지혜롭고 눈치가 빠릅니다. 굳이 갈대밭에 불을 지르지 않아도 마을사람들이 얼마나 자기들을 미워하는지 잘 알지요. 오히려, 자연을 구박하면 재앙이 부메랑처럼 되돌아온다는 사실을 모르는 사람들이 진짜 새대가리들입니다.

재앙이 되돌아오기까지는 좀더 시간이 흘러야겠지요. 뿌린 씨앗이 금방 싹트지 않듯이 말입니다.

지금 이 시간이 없으면 다음의 그 어떤 시간도 이어지지 못하듯이,
지금 이 꽃과의 만남이 없으면 다음 어떤 사물과의 만남도 일어나지 않습니다.
지금 이 시간 나와 함께 하는 모든 것들은 억겁의 인연 끝에 나툰 것입니다.

수종사의 뿔나비

두물머리가 내려다보이는 수종사 기슭에 경칩의 햇살이 따사롭습니다. 춥고 긴 겨울을 견뎌낸 뿔나비 한 쌍이 부활의 무도를 추고 있습니다. 머지않아 멧노랑나비·네발나비·청띠신선나비도 날갯짓을 시작할 것입니다.

겨울나비들이 성충의 몸으로 혹독한 겨울을 날 수 있었던 것은 수은주만큼이나 자기 체온을 낮추었기 때문입니다. 그리고, 겨우내 스스로 배고픔을 택했기 때문입니다.

그렇습니다. 생각하면 곤충류만큼 강한 것도 이 지상에 없습니다. 화석에 남긴 잠자리의 날개가 70센티미터나 될 정도로 덩치가 컸던 곤충류는 종의 분화와 환경 변화에서 살아남기 위해 끊임없이 자기의 덩치를 줄여온 생명입니다.

다른 생명체에 비해 유난히 긴 곤충류의 역사는 그대로가 가슴 뭉클한 자기제어의 역사입니다.

인류는 미래를 위해 지금 무엇을 참아내고 있는지요.

산동마을 산수유꽃

지리산 산동마을의 3월. 잔설은 아직 발밑에 서걱대는데, 양지쪽에선 봄나무들이 다투어 꽃망울을 터뜨립니다. 산수유·생강나무·매화·진달래….

봄꽃은 겨울 추위를 참고 견딘 봄나무에서만 핍니다. 하지만, 봄꽃이 피기까지 겨우내 땅속에서 어떤 일이 있었는지 사람들은 상상도 못하고 그저 꽃만 좋아라 합니다. 봄꽃들은 어느 날 아침에 느닷없이 만들어져 나온 것이 아닙니다.

　꽃들은 나무들이 언 땅속에서 겨우내 만들어온 생명들입니다. 날씨가 풀리면 나무는 정성껏 만들어낸 꽃들을 뿌리에서 줄기로, 줄기에서 가지 끝으로 밀어 올려 비로소 꽃을 터뜨리는 것입니다.

　사람들 눈에는 잘 보이지 않지만, 봄꽃들은 지금도 길고 어두운 터널을 지나 가지 끝을 향해 부지런히 올라오고 있는 중입니다.

겨울 자귀나무

　　　바람소리가 더 추운 겨울 칠갑산 기슭, 주인이 떠나버린 어느 폐가, 무너진 돌담 옆에 잎 진 자귀나무 한 그루가 서 있습니다. 공작 깃털 같은 연분홍 꽃과 차 숟가락 같은 푸른 잎들을 다 어디다 두고 알몸으로 찬바람을 맞고 서 있습니다.

　　콩꼬투리 속에 남은 씨앗들마저 다 털어낸 빈 몸으로 서 있는 겨울 자귀나무. 그 가지 끝에 빈 쭉정이만 매달려 달그락거리고 있습니다. 산다는 것은 어쩜 저렇게 비워져 가는 것인지도 모르겠습니다.

자귀나무 아래 서서 빈 쭉정이를 올려다보며 늙어 쭈그러진 내 아내의 빈 젖가슴을 생각합니다. 한때는 브래지어가 터지도록 탱탱했던 아내의 젖가슴은 이제는 자귀나무 쭉정이처럼 껍데기만 남았습니다. 이제는 아이들도 나도 만지지 않는 아내의 빈 젖입니다.

그러나, 온 세상 모든 이들이 그 젖으로 태어나 살았습니다. 온 세상 모든 생명은 껍데기만 남은 자귀나무 쭉정이와 더불어 한 생명입니다.

겨울 더덕

속리산 기슭의 각연마을. 화전민 후예
들이 떠나고 지금은 절만 오롯이 남은 첩첩산중입니다. 겨울이면 아랫마을 사
람들이 이따금 더덕을 캐러 올라옵니다. 줄기와 잎이 다 떨어져버린 겨울이라
땅속에 숨은 더덕뿌리 찾기란 참으로 어렵습니다. 줄기와 잎이 있으면 찾기가
쉬울 텐데도 사람들은 굳이 잎이 떨어지고 난 뒤에야 더덕을 캐러 다닙니다.
더덕은 겨울에 뿌리에 영양분을 저장하기 때문입니다.

하지만, 그보다 더 큰 뜻은, 더덕에게 씨앗을 퍼뜨릴 수 있는 가을 시간을
주기 위함입니다. 산 사람들의 자애로운 지혜가 아니었더라면 더덕은 벌써 이
산속에서 씨가 말랐을 테지요. 봄이면 지난 가을에 떨어낸 더덕 씨앗들이 실
낱 같은 싹으로 올라옵니다.

옛 사람들의 생명세대주의는 하나의 엄숙한 신앙입니다.

줄기와 잎이 다 떨어져버린 겨울이라 땅속에
숨은 더덕뿌리 찾기란 참으로 어렵습니다.
줄기와 잎이 있으면 찾기가 쉬울 텐데도 사람들은 굳이
잎이 떨어지고 난 뒤에야 더덕을 캐러 다닙니다.

다대포 편지

다대포는 낙동강 강변을 따라 남쪽으로 끝간 하구에 있습니다. 저녁놀이 강물 위로 붉게 퍼질 때면 아침에 나갔던 철새들이 어느 시인의 말처럼 '까만 실이 풀어지듯이' 열 지어 내려앉습니다. 앉는다기보다 쌓인다는 표현이 어쩜 더 어울릴지도 모르겠습니다.

이제 다대포에도 봄이 멀지 않았습니다. '선애야, 사랑한다. 아직도 영원히!' 누군가가 모래 위에다 애틋한 편지를 써놓고 갔습니다. 그 사랑을 위해 파도는 저만큼 물러나 있습니다. 하지만, 아무래도 그것은 슬픈 약속입니다. 다대포 매립의 날이 점점 가까워지고 있으니까요.

귀향을 앞둔 철새들도 바닷가 모래 위에다 뒤뚱뒤뚱 편지를 쓰고 있습니다. 새들의 발자국 편지는 모두가 한결같습니다. '사람님, 사람님, 다대포 바닷가를 그냥 두세요.'

통리협곡의 자존과 하심

태백 통리 삼거리에서 울진으로 넘어가
는 들머리 골짜기에 우람한 통리협곡이 있습니다. 협곡은 아스라이 높으면서
도 아찔하도록 깊습니다. 그 협곡 사이로 오십천의 맑은 찬물이 끊임없이 흐
르고 있습니다. 아스라이 솟은 천길 절벽과 아찔하게 깊은 낭떠러지가 모두
물이 만든 조화입니다.

협곡의 절벽들은 창조(퇴적)와 파괴(침식)라는 자연의 섭리를 극명하게 보
여 주고 있습니다.

통리협곡은 깎아서도 높일 수 있고, 쌓아서도 깊을 수 있음을 절묘하게 보
여 줍니다.

통리협곡은 자존自尊과 하심下心이 둘 아님을 우리들에게 깨우쳐 줍니다.

오봉산 겨울의 다람쥐

춘천 오봉산 숲에 겨울이 오고 있습니다. 꽃보다 아름답던 단풍도 지고, 그윽했던 산사의 숲도 허허로이 비워집니다. 단풍이 지면 오봉산 다람쥐들에게도 좋은 세상 다 지나갑니다.

눈발이 내리기 전에 겨울집을 알아보고, 낙엽을 물어다 이부자리도 만들어야 하고, 겨울 양식도 미리 모아두어야 합니다. 그리고, 땅이 얼기 전에 서둘러 땅속으로 들어가 긴 겨울잠에 들어야 합니다.

다람쥐는 그야말로 반죽음 상태로 겨울을 납니다. 열량의 낭비를 막기 위해 체온을 5도 안팎으로 떨어뜨려야 하고, 호흡도 1분에 5회 정도로 줄여야 합니다. 자는 동안은 부시럭거려서도 안 됩니다. 다람쥐의 겨울 삼동은 그대로 죽음입니다.

어디 다람쥐뿐이겠습니까. 모든 살아있는 것들은 그렇게 제 살을 깎으며 고난을 이겨냅니다. 인간들만 제 살을 깎지 않으려고 누천 누만 년을 별별 꾀를 다 부리며 살아왔습니다.

인간의 문명이란 결국 그 오만한 꾀들을 모아놓은 건 아닐는지요.

모든 살아있는 것들은 그렇게 제 살을 깎으며
고난을 이겨냅니다. 인간들만 제 살을 깎지 않으려고
누천 누만년을 별별 꾀를 다 부리며 살아왔습니다.

다시 섬진강 대숲에서

　　　　　　　　　　다시 겨울 섬진강을 찾았습니다. 하동 섬진강은 세한삼우歲寒三友가 있어서 좋습니다. 이곳에선 대나무 소나무 매화나무가 세한삼우입니다.

　그 중 새터마을 대숲은 섬진강의 물 맑은 샛강과 어우러져 비경을 보여 줍니다. 이리저리 굽이진 샛강을 사이에 두고 좌우로 원시의 대숲이 겨울에도 우거져 있습니다.

　대나무는 한달 남짓한 기간에 키가 다할 정도로 빨리 자랍니다. 우후죽순이라는 말이 정말 실감이 나지요. 하지만, 그런 대나무이기에 자주 솎아 주어야 생육도 좋고 질도 좋아집니다. 유감스럽게도 이웃나라에서 값싼 죽세공품이 들어오면서 새터마을 대숲도 좋은 시절 다 갔습니다.

이젠 새터마을 대숲도 예전의 대숲이 아닙니다. 사람들이 손을 보지 않아서 웃자란 대나무는 콩나물 같고, 함부로 자란 대숲은 덤불속처럼 어지럽습니다.

제때에 솎아내지 않아 함부로 웃자란 욕망과 위선의 나무들이 우리들 마음 속에 얼마나 빽빽한지 돌아볼 일입니다.

주왕산의 새벽

　　　　　　　　　산은 뭇 생명들의 마을입니다. 산의 주인은 사람이 아니라 그곳에 누대를 살아온 생명들입니다. 그래서 옛 사람들은 산을 '오른다〔登山〕' 하지 않고, '든다〔入山〕'라고 하였습니다. 꼭히 등산이라는 말을 써야 할 때는 '등고登高'라는 말을 썼지요. 등고란, 산을 오르는 게 아니라 그 산의 '높이'를 오르는 것입니다.

　　새벽예불이 끝난 주왕산은 그대로가 적막입니다. 산이 눈을 뜨기까지는 아직 한참이나 남았습니다. 밤이면 주왕산도 풀나무며, 곤충이며, 새들이며 온갖 생명들을 품고 잠이 듭니다.

사람들에게 진종일 밟히고 시달렸던 산의 밤은 늘 이렇게 고단합니다. 산 속의 아침이 늦은 것도 그 때문이 아니겠는지요.

　　어디선가 적막을 깨뜨리며 왁자지껄 인기척이 올라옵니다. 방금 버스에서 내린 무박 등산객들입니다. 더러는 후레쉬를 이리저리 비추고, 더러는 술냄새를 확확 풍기고, 더러는 산문 앞에서부터 고래고래 소리를 칩니다.

　　산의 새벽은 늘 인간들의 무례한 테러로 잠이 깹니다.

경칩날 개구리

경칩이 가까워지면 겨우내 쌓였던 눈은 아랫마을부터 차츰 녹기 시작합니다. 개울물이 불어나면서 물소리도 달라집니다. 지리산 자락에 사는 사람들은 달라진 물소리를 '마심'이라고 합니다.

마심은 겨우내 목이 말라 푸석했던 논밭들을 촉촉히 적셔 줍니다. 버들강아지를 틔우고, 나무껍질 속에서 겨울잠을 자던 곤충들과 바위 속에 숨어 있던 물고기들을 불러냅니다. 개구리도 마심 소리에 잠을 깹니다. 마심은 생명의 물입니다.

겨울잠에서 깬 개구리는 오랜 단식을 끝낸 사람처럼 핼쑥합니다. 경칩 무렵 개구리 암컷의 뱃속에는 겨울을 참고 견뎌온 수많은 생명들이 들어 있습니다. 그래서 옛 사람들은 경칩날 개구리를 죽이면 눈알 없는 개구리로 태어난다고 했습니다.

　어찌보면 어처구니없는 미신 같지만, 그것이 옛 사람들의 지혜였습니다. 옛 사람들은 자연 속에 사는 법을 그렇게 가르쳐 주고 갔습니다. 미신이 사라지고 그 알량한 물신과학이 들어오면서 자연환경이 망가지기 시작했음을 속 깊은 이들은 다 알고 있지요.

실상사의 아침 울력

지리산 실상사에서 이른 아침을 맞습니다. 뒷숲에서 청딱따구리가 날아와 감나무를 칠 때면 대중들은 나와서 울력을 합니다. 절에는 늘 울력거리가 많습니다. 혼자 할 일도 많고, 여럿이 할 일도 많습니다. 주지는 마당을 쓸고, 사미는 풀을 뽑고, 보살은 공양을 짓고, 객은 수레를 끕니다.

이 지상의 모든 것들은 저마다 울력을 하며 삽니다. 벌나비는 이 꽃 저 꽃에 날아다니며 열심히 씨받이 울력을 합니다. 꽃이 피고 열매가 열리는 것도 벌나비들의 울력 때문입니다. 새들은 이 나무 저 나무 날아다니며 해충을 잡아줍니다. 나무들이 튼실하게 자랄 수 있는 것도 새들의 울력 때문입니다.

가을이면 청설모는 나무 열매를 따다가 이곳저곳에 숨겨 놓습니다. 숲이 여러 나무들로 다양해진 것도 청설모가 숨겨 놓은 열매 때문이지요. 어디 그들뿐이겠습니까. 바람에 날리는 흙먼지도, 땅위에 굴러다니는 지푸라기도 지구생명을 위해 제 몫의 울력을 다하고 삽니다.

울력하지 않고 마냥 먹고 노는 것은 이 지상에 아무것도 없습니다.

땅에 바치는 새경

오랜만에 민주지산 삼도봉을 찾아갑니다. 풍성했던 가을이 차창 밖으로 시나브로 저물고 있습니다. 추수로 논이 비워지면 뒤이어 밭이 비워집니다. 머리에 수건을 쓴 아낙들이 산밭에서 김장배추를 뽑아내고 있습니다. 남정네들은 뽑은 배추를 수레로 실어 나르고, 상차꾼들은 그것들을 안아다 트럭에다 차곡차곡 쌓고 있습니다.

추수가 끝난 논에는 볏짚들이 어지러이 나뒹굴고, 산밭에는 김장배추를 거두고 남은 떡잎과 쓰레기 나부랭이들이 너저분하게 널려 있습니다. 하지만, 농부들은 그것들을 그냥 두고 떠납니다. 썩어 거름이 되도록 그냥 내버려두는 것입니다. 그것은 채소와 곡식을 키워준 고마운 땅에게 농부들이 바치는 1년 새경입니다. 거름이 땅의 밥임을 아는 까닭입니다.

땅이 거름을 먹고 자람을 아는 까닭입니다.

수가 끝난 논에는 볏짚들이 어지러이 나뒹굴고, 산밭에는 김장배추를 거두고 남은
떡잎과 쓰레기 나부랭이들이 너저분하게 널려 있습니다.
그것은 채소와 곡식을 키워준 고마운 땅에게 농부들이 바치는 1년 새경입니다.

마지막 빨래

오랜만에 신탄리를 찾았습니다. 금강산으로 가던 철길이 전쟁통에 잘려 나간 작은 마을입니다. 민통선을 넘어온 맑은 차탄천이 마을 바깥으로 흐르고 있습니다. 인적 끊어진 냇물 위로 녹슨 철다리 하나가 걸려 있습니다.

그 다리 그늘에서 등짐을 풀고, 땀에 젖은 옷을 벗어 빱니다. 땀내 나는 수건이며 이틀 신은 양말도 함께 벗어 빱니다.

어린 시절 내 어머니가 그랬듯이 넓고 판판한 돌은 썩 좋은 빨래판입니다. 빨랫감을 물에 적신 후 주무르고, 치대고, 주먹으로 두들기면 물렁한 땟물은 빠져나갑니다. 그리고, 빨랫감을 허공중에 빙빙 돌려서 빨랫돌에다 패대기를 칩니다. 빨랫감을 정신없이 패대기를 치다 보면 비누가 없어도 깨끗해집니다. 자갈밭 위에 널어놓은 빨래는 한 시간이면 뽀송뽀송 마릅니다.

하지만, 또 한 벌의 빨래가 남아 있습니다. 마지막 빨래는 탐진치에 찌든 내 삶의 빨래입니다. 널어놓은 빨래들이 바람에 마를 동안, 삶의 빨래를 치대고, 두들기고, 패대기를 쳐서 때를 뺍니다.

그리고, 반조返照의 맑은 물에 헹구어, 내 삶의 빨래를 널어 말립니다.

대밭에 삑삑새 울 때

하동 지곡으로 가는 시골길, 무서리가 신발에 촉촉이 젖습니다. 토담 너머 감이 붉게 익었습니다. 더러 홍시도 몇 개씩 보입니다. 오십여 년 전, 제가 세상에 난 것도 바로 이맘때입니다.

어릴 때 어머니는 '동사洞祠 옆 감나무에 홍시 익을 때'라고 했습니다. 그리고, '뒷 대밭에 삑삑새 울던 날 새벽이었으니까 아마 여섯 시 쯤이나 됐을까…'라고 했습니다.

　그렇습니다. 옛 사람들은 그렇게 두루뭉술했습니다. 몇 일, 몇 시, 몇 분, 몇
초가 아닙니다. 그저 두루뭉술하게 '보리싹 팰 무렵', '앞개울에 은어 올라올
무렵', '대추 털 때쯤', '새 참 이고 나갈 때', '해 꽁지가 한 발쯤 남았을 때',
'앞산에 부엉이 울 때'…. 하고 말해왔습니다.

　지금의 시간 단위보다 훨씬 엉터리이지만, 참으로 아름다운 날들의 시간이
었습니다. 물론 시계가 없었던 탓도 있지만, 옛 사람들의 시간은 늘 그렇게 생
명과 함께 가는 시간이었습니다.

　언제부턴가 우리는 기계의 시간과 발을 맞추며 살아가고 있습니다.

개불알 살려!

아직 겨울의 꽁지가 음지 골짜기에 파묻혀 있는 2월입니다. 영산강 강마을 양지기슭에 개불알풀이 피어 봄바람에 간드랑거립니다. 가냘픈 꽃대궁이 끝에 깨알처럼 작은 꽃이 올라와 피었습니다. 마치 첫 나들이 하는 유치원 아이들 같습니다.

그때 떡갈나무 잎사귀 하나가 바람에 굴러와 개불알풀을 덮었습니다. 떡을 싸먹을 정도로 넓적한 떡갈잎입니다. 개불알풀은 하늘이 갑자기 캄캄하고 숨이 턱턱 막혔습니다. 개불알풀은 그것을 치우려고 안간힘을 쓰지만, 어림도 없습니다.

'개불알 살려! 개불알 살려!' 개불알풀은 소리 높여 외쳤습니다. 마침 강변을 지나가던 바람이 그 소리를 듣고 달려왔습니다. 그리고는 개불알풀 위에 덮인 떡갈나무 잎사귀를 입바람으로 '훅—' 하고 치워 주었습니다. 개불알풀은 고맙다고 연신 고개를 조아립니다.

먼 옛날 한때 동화 쓰는 사람이 되고 싶었습니다. 먼 길을 걸어갈 때, 때로는 가던 길을 멈추고 양지기슭에 앉아 연필도 없이 혼자 동화를 씁니다.

길을 나서면 때로 잃어버린 옛 꿈이 뒤를 따라와 옆에 나란히 앉습니다.

치악산 숲에서

　　오랜만에 구룡사를 찾아가는 길입니다. 아직 치악산은 흰눈을 머리에 이고 동안거冬安居 중입니다. 겨울숲은 단식을 끝낸 사람처럼 거칠고 야위었지만, 오히려 내면은 고요하고 평화롭습니다. 숲은 겨울에 이르러서야 내밀한 자신의 속내를 보여 줍니다.

　　신록의 숲을 부드러운 수채화로 비유한다면, 단풍숲은 현란한 유화가 될 것입니다. 또, 잎을 떨어낸 허허로운 겨울숲은 흑백으로 드러내는 수묵화에 비견될 수 있을 테지요. 그래서 겨울숲 걷기는 여백이 있는 수묵화 속의 산책입니다.

　　겨울을 침묵의 계절이라고 흔히들 말하지만, 생명의 신은 겨울에도 침묵하지 않습니다. 생명은 나무와 나무 사이를 거닐며, 나뭇가지를 스치는 바람소리로 살아있습니다. 그리고, 양지쪽 눈 녹아 떨어지는 소리, 잠을 설친 청설모가 낙엽 들추는 소리, 멀리서 설해목 부러지는 소리….

겨울숲은 단식을 끝낸 사람처럼 거칠고 야위었지만,
오히려 내면은 고요하고 평화롭습니다. 잎을 떨어낸 허허로운 겨울숲은
흑백으로 드러내는 수묵화에 비견될 수 있을 테지요.
그래서 겨울숲 걷기는 여백이 있는 수묵화 속의 산책입니다.

생명의 신은 변화무상한 자연을 통해 자기의 모습을 드러내고, 천만 가지 소리를 통해 우리들에게 말을 겁니다. 그래서 일찍이 자연의 소리를 신탁神託의 소리라고 했는지도 모르겠습니다.

다만 우리의 눈과 귀가 어두워 생명의 진면목을 보지 못하고 있을 뿐이지요.

오디를 따먹으며

　　　　　　　　　화성 궁평 갯벌로 가는 시골 밭둑에 뽕
나무 한 그루가 서 있습니다. 한때 마을과 논밭과 산기슭을 온통 뒤덮었던 뽕
나무입니다. 그러나, 이웃나라로부터 싼 고치들이 들어오면서 이곳 뽕밭도 시
나브로 사라져 버렸습니다. 마을 사람들은 그 시절이 그리워서 지나다니는 밭
둑에 뽕나무 한 그루를 남겨 놓았습니다.

　때맞춰 오디가 뽕나무에 검붉게 익었습니다. 오랜만에 먹어보는 달디단
오디맛입니다. 이 오디맛 속에는 맑은 햇살, 싱그러운 바람, 해맑은 이슬, 촉촉
한 가랑비, 봄날 뻐꾸기 소리, 청개구리 울음소리…. 그런 것들이 다 들어 있습
니다. 어디 그 뿐이겠습니까. 눈부신 태양, 밤하늘에 총총한 별빛, 구름에 지
나가는 달빛…. 온 우주가 그 오디 한 알 속에 다 들어가 있습니다.

　오디 한 알로 온 우주를 맛봅니다.

아비를 아십니까

거제도 구조라에서 해금강까지는 뱃길이 나 있습니다. 활처럼 휘어진 바다는 호수처럼 잔잔합니다. 이곳은 국내에서 유일한 아비 월동지입니다. 늦가을이면 천연기념물인 아비들이 날아와 겨울을 납니다.

아비는 바다 속으로 들어가 물고기를 잡는 잠수성 겨울철새입니다. 가마우지와 흡사하지만, 앞가슴이 희다는 것이 큰 차이점입니다.

아비는 이 지상의 새들 가운데 진화가 가장 늦은 새입니다. 배가 지나가면 아비들은 날개를 더펄거리며 도망을 갑니다. 그런데, 하늘을 나는 솜씨가 영말이 아닙니다. 수면에서 떠오를 때 아비는 마치 간질환자처럼 온몸을 더펄거립니다.

아비의 미숙한 날갯짓은 한없이 우리를 슬프게 합니다. 다른 새들처럼 재빨리 진화하지 못하고 여태껏 저 미숙하고 어설픈 날갯짓 하나만으로 수억 년을 살아온 아비의 원시성은 우리의 삶을 되돌아보게 합니다.

물질시대에 진화하지 못한 채 아비처럼 더펄거리며 사는, 착하디착한 내 이웃들을 생각합니다.

백양사 비자숲

　　　　　　　　　　　백암산 백양사에 와 있습니다. 백양사
에는 천연기념물인 비자나무숲이 있습니다. 남쪽 절집의 비자나무들은 옛 수
행자들이 중생들에게 구충제로 나눠 주기 위해 심은 것들입니다.

　비자숲은 천진암과 약사암 가는 계곡 주변으로 아름답고 그윽합니다. 비자나무들은 약사암 비탈진 중턱까지 올라와 있습니다.

　봄이 멀어서 아직 햇살이 차갑지만, 오히려 비자나무는 지금이 제철입니다. 봄이 되어 키 큰 떨기나무에 신록이 무성해지면 위에서 내려오는 햇볕이 적어서 비자나무는 지금 열심히 햇살을 받아먹고 녹색의 살을 찌워야 합니다.

　하지만, 비자나무들은 서두르거나 욕심 부리지 않습니다. 약사암 비탈의 비자나무 가지들은 한쪽 방향으로만 쏠려 있습니다. 그것은 한 조각의 햇볕이라도 이웃나무와 서로 나누기 위해 자신의 한쪽 팔을 스스로 거두어들인 것입니다.

　나무들은 남들 생각은 않고 제 몫만 채우려는 세간의 인간들과는 사는 법이 다릅니다. 숲은 생명공동체입니다. 숲은 세간에 살면서도 출세간으로 삽니다.

우동리의 오랜 벗

　　　　　　　　　　내소사 가는 길에 우동리 마을에 들렀습니다. 당나무 아래 선돌〔立石〕은 예나 지금이나 오랜 벗처럼 반갑습니다. 머지않아 정월 대보름이면 선돌을 위해 잔치가 질펀하게 벌어질 것입니다.

　이 지상에 무정無情의 존재는 따로 없습니다. 나무도, 돌멩이도 유정有情의 존재입니다. 옛 사람들은 집의 기둥이 비틀어지면 '나무가 삐쳤다'고 했습니다. 사람들이 함부로 다루었기 때문에 나무가 삐친 것입니다.

　울퉁불퉁 제멋대로 생긴 돌을 보고 '왜 이렇게 못 생겼냐'고 합니다. '생기다'라는 말은 곧 '살아있다'의 다른 말입니다. 아궁이의 불씨도 '살았느니 죽었느니' 합니다.

나무·돌·불…. 인류가 이 지상에 나타나기 훨씬 전부터 존재해 온 생명입니다. 그것들 안에는 그것들을 하나로 관통하는 정령이 깃들어 있습니다. 그것들은 나와 함께 생명입니다. 우동리 동제洞祭는 그 생명을 위한 자축제自祝祭입니다.

"벗이여, 오늘은 이만 안녕. 다음에 또 오겠네. 그럼 잘 지내시게."

도갑천 갯버들

　　이른 봄날, 마심 소리를 들으며 도갑사
를 찾아갑니다. 구림리 버스정류장에 내리면 도갑사까지는 걸어서 한 시간입
니다. 포장된 길이지만, 호젓해서 홀로 걷기에 좋습니다.

　　산자락 어디선가 봄꿩 우는 소리가 들립니다. 옛 글에 '춘치자명春雉自鳴'
이라고 했습니다. 누가 불러서 봄이 오는 게 아니며, 누가 봄풀이 푸르러라 하
여 푸른 게 아니며春來草自靑, 누가 부추겨서 꿩이 우는 게 아닙니다. 봄이 오면
모두들 스스로 그렇게 하는 것입니다.

도갑천 개울가에 버들강아지가 헝클어져 피었습니다.
옛 사람들은 '포류지질' 이라 하여 갯버들을
'허약' 의 상징으로 삼았지만, 비바람에 넘어지지 않고,
홍수에 뿌리 뽑히지 않는 나무는 갯버들뿐입니다.

도갑천 개울가에 버들강아지가 헝클어져 피었습니다. 갯버들은 직근보다 측근이 넓게 퍼져 있어서 홍수 때 개울의 흙이 떠내려가는 것을 온몸으로 막아주는 고마운 나무입니다. 옛 사람들은 '포류지질蒲柳之質'이라 하여 갯버들을 '허약'의 상징으로 삼았지만, 비바람에 넘어지지 않고, 홍수에 뿌리 뽑히지 않는 나무는 갯버들뿐입니다.

　자신을 드러내지 않고 몸을 낮추며 사는 것이 갯버들의 세상살이 지혜입니다. 세간살이도 그렇습니다. 어려울 때일수록 갯버들 같은 민중들이지요.

대관령 숲에 와서

대관령 깊은 숲에 산판이 벌어졌습니다. 새 소리 끊어진 적막한 숲속에 나무 자르는 쇠톱날 소리만 징징 들립니다. 쇠톱날이 나무줄기에 박혀 무섭게 돌아가는 동안 나뭇가지들은 온몸을 떨고, 잎사귀들은 저마다 몸서리를 칩니다.

또 한 그루의 아름드리 나무가 넘어갑니다. 나무 한 그루 넘어갈 때마다 숲도 함께 넘어갑니다. 한 그루의 나무가 베어지면 그 숲은 베어내기 전의 숲이 이미 아닙니다.

우리들의 삶이 그렇듯이, 돌멩이 하나, 풀 한 포기, 개미 한 마리가 사라져도 그 숲은 이미 그 전의 숲이 아니며, 하나의 나뭇잎이 떨어져도 숲은 방금 전의 그 숲이 아닙니다. 하물며 수백 년 된 나무가 베어져 나간 숲이 어찌 그 전날의 숲과 같은 숲이겠습니까. 어찌 어제의 그 대관령이겠습니까?

평상에 누워

천은사에서 화엄사까지는 걸어서 두 시간이면 넉넉합니다. 걷다 보면 숲도 있고, 집도 있고, 사람도 만나고, 소와 닭도 만납니다. 걷는 것은 그것이 즐겁습니다.

젖들마을 삼거리에 나무그늘이 좋습니다. 그늘 아래 놓인 평상은 어디서나 정겹고 평화롭습니다. 한담을 나누던 노인들이 돌아간 빈 평상 위에 몸을 뉘었습니다. 등줄기가 시원합니다.

하늘은 높고 푸릅니다. 흰구름은 할 일도 없이 오가고, 멈췄던 매미소리는 다시 자지러집니다. 봐주는 이도 없는데 머리 꼭대기엔 나뭇잎이 쉴새없이 하늘거립니다.

일 없는 사람처럼 그 나뭇잎을 하나하나 헤아립니다. 졸음이 찾아와 눈꺼풀이 무거워지면 그대로 눈을 감으면 그만입니다. 기다리는 사람 따로 없고, 가서 서두를 일 따로 없으니 비로소 내 세상입니다.

세상사 이렇게 제쳐두면 될 것을 그저 죽는 시늉을 하며 빠득빠득 살아온 날들이 갑자기 서글퍼집니다.

보름도의 개구리 소리

　　　　　　　　　강화 보름도의 여름밤이 깊어갑니다.
보름도는 밤이 아름다운 섬입니다. 밤길 걸을 때 들려오는 개구리소리는 그대로가 법음法音입니다.

　청개구리는 턱 밑에 울음보가 하나라서 '깩깩' 하고 울고, 참개구리는 볼 양쪽에 울음주머니가 둘이라서 '꾸루룩, 꾸루룩' 하고 여러 박자로 웁니다. 무당개구리와 옴개구리는 '꾸룽 꾸룽' 하고 저음으로 웁니다.

　개구리들은 세상 만물에게 끊임없이 말을 겁니다. 옛 사람들은 그 소리를 들을 줄 알았습니다.

봄날 개구리 짝짓기 소리는 논에 못자리를 놓으라는 말입니다. 초여름날 맹꽁이가 울면 장마를 앞두고 물꼬를 보라는 말이며, 낮 청개구리 우는 소리는 소나기에 비설겆이를 하라는 성화입니다. 여름날 참개구리 소리는 풍년이 든다는 기쁜 소식입니다.

그대에게는 개구리들이 뭐라고 하던가요?

쑥부쟁이가 사는 법

     금강이 내려다보이는 어느 작은 시골학교에 와 있습니다. 으야! 아자! 교실 창밖으로 아이들 소리가 들립니다. 교실 마룻바닥에서 아이들이 유도柔道를 배우고 있습니다.

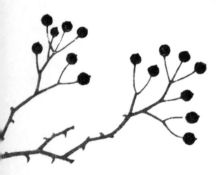

선생님은 아이들에게 넘어지는 법〔落法〕부터 가르칩니다. 성공학, 처세술이 만연된 세상, 넘어지지 말고 악착같이 살아야만 되는 이 세상에 선생님은 하루 종일 넘어지는 법만 가르치고 있습니다.

아이들 기합소리 들리는 창 밖 화단에 키다리 쑥부쟁이들이 지난번 비바람에 어지럽게 넘어져 있습니다. 마치 미리를 감고 빗질하지 않은 머리카락처럼 서로 헝클어져 누웠습니다.

하지만, 비바람이 쑥부쟁이를 저렇게 넘어뜨린 것이 아닙니다. 쑥부쟁이들 스스로 저렇게 누운 것입니다.

이것이 비바람을 이겨내는 쑥부쟁이들의 슬기입니다. 쓰러져 누운 가지 끝마다 말간 꽃들이 피었습니다.

망월사 고사목

　　오랜만에 도봉산 망월사를 찾았습니다. 그 절집 무위당無爲堂 마당에 서면 죽은 전나무 한 그루가 짙은 숲 위로 군계일학群鷄一鶴처럼 홀로 우뚝 솟아 있습니다.

　　죽은 부처가 산 중생을 거느리듯, 죽은 전나무 한 그루가 발아래 푸른 숲을 그득 거느리고 있습니다.

　　모든 고사목은 죽음으로써 끝을 삼지 않습니다. 죽은 채 꼿꼿이 서서 한 티끌도 남기지 않고 사라질 때까지 뜨거운 햇볕으로 자신을 화장火葬하고, 비바람으로 스스로를 풍장風葬합니다. 해마다 제 모습을 달리하는 것도 그 때문입니다.

꼿꼿이 서서 제 몸이 다 삭은 것을 본 다음에야 비로소 지상에 몸을 눕니다. 장좌불와長坐不臥도 나무 앞에서는 하근기下根機입니다.

그러기에 나무는 죽어서도 저리 만생명의 표상이 될 수 있는가 봅니다.

낙엽 지는 숲에서

오대산 영감사 가는 숲길에 시나브로 낙엽이 지고 있습니다. 제 어미와 떨어지는 것이 못내 아쉬워 자꾸만 허공중을 머뭇거립니다. 옛 사람들이 낙엽귀근落葉歸根이라고 했던가요? 낙엽은 떨어져 제 어미의 발치에 쌓입니다. 낙엽은 떨어져 제 어미의 밥이 됩니다.

나무는 자기가 떨군 것만으로도 먹고삽니다. 낙엽은 떨어져 제 어미의 이불이 됩니다. 어미의 시린 발등을 덮어 주고, 땅이 어는 것을 막아 줍니다. 낙엽은 떨어져 생명의 포대기가 됩니다.

낙엽은 씨앗들을 얼거나 마르지 않게 덮어 줍니다. 이른봄이면 새싹을 감싸안고 보듬어 줍니다. 제 어미의 목마를 때를 생각해 물을 저장해 줍니다. 낙엽은 땅이 마르거나 비바람에 흙이 씻겨 내려가는 것을 막아 줍니다.

낙엽을 보며 생명의 보은報恩을 생각합니다.

낙엽은 떨어져 제 어미의 이불이 됩니다.
어미의 시린 발등을 덮어 주고, 땅이 어는 것을 막아 줍니다.
낙엽은 떨어져 생명의 포대기가 됩니다.

외포리 거지 갈매기

강화 보문사로 건너가는 외포리 선창에서는 갈매기들의 눈부신 날갯짓이 볼거리입니다.

그런데, 언제부턴가 외포리 갈매기들에게 새로운 메뉴가 생겼습니다. 연락선 관광객들이 던져 주는 심심풀이 새우깡이 그것입니다. 이젠 아주 입맛이 길들여져서 연락선이 떴다 하면 으레 꽁무니를 따라다니며 새우깡을 받아먹습니다.

쉬는 시간이면 음식점에서 나오는 라면 찌꺼기나 주워 먹을 뿐 멀리 사냥 나갈 생각을 하지 않습니다. 사람들은 외포리 갈매기들을 '거지 갈매기'라고 부릅니다. 이제 외포리 갈매기들은 제 힘으로 먹이를 구하는 법을 잊어버렸습니다. 그러다가 갈매기가 본래의 야성을 아주 잃어버리지나 않을까 적이 염려스럽습니다.

옛 사람들은 사람 손이 가장 무섭다고 했습니다. 무엇이든 사람 손을 타면 길들여지고 망가지게 마련이니까요. 생명을 꼭 죽여야만 살생은 아닙니다. 야생을 빼앗는 것도 결국은 살생입니다.

무논을 지나며

모내기철입니다. 영덕 칠보산 유금사로 가는 길, 늙은 노인들끼리 허리 굽혀 모를 심고 있습니다. 그러나, 버려진 무논이 여기저기 나자빠져 있습니다. 요즘은 어딜 가나 무논이 늘어나고 있습니다.

농사지을 사람도 줄고, 농사지을수록 빚만 늘어나기 때문에 저렇게 그냥 묵히는 것입니다. 아니, 이젠 나라까지 나서서 돈 줄 테니 농사짓지 말라는 희한한 세상입니다.

하지만, 농사란 사람만의 양식을 위해 짓는 게 아닙니다. 소와 개와 닭도 그 양식을 먹고 생명을 부지합니다. 어디 가축들뿐이겠습니까. 물땡땡이에서부터 왜가리에 이르기까지 무논에 기대어 살아온 수많은 생명들의 밥줄도 함께 달려 있습니다.

한 뙈기 논을 묵히면 생명들도 그만큼 죽어나갑니다. 그러니, 어찌 내 편하다고 농사를 함부로 짓고 말고 하겠습니까. 그들은 우리와 함께 이 땅의 생명 백성입니다.

두루미의 여행

　　　　　　　　　　두루미를 배웅하러 철원 들녘에 나와 섰습니다. 철원의 2월은 두루미가 고향으로 돌아갈 시간입니다. 일본으로 내려갔던 두루미들도 모두 올라와 귀향의 시간을 기다리고 있습니다.

　그들이 돌아갈 고향은 사선死線 너머 머나먼 곳에 있습니다. 두루미들은 5천 미터 허공에서 이동합니다. 지상에서는 보이지 않는 까마득한 높이입니다.

　산소가 회박해서 양쪽 폐에 다섯 개의 공기주머니(氣囊)를 따로 달고 갑니다. 비행기가 휘청거릴 정도의 심한 기압차를 견디기 위해 몸속의 모든 근육을 고삐처럼 단단히 조여야 합니다. 또한 그곳은 영하 50도를 오르내리는 차디찬 허공, 한 순간도 날갯짓을 멈추면 그대로 얼어서 먼지처럼 떨어져 죽고 맙니다. 두루미의 귀향은 그대로가 목숨 건 여행입니다.

　우리도 그렇게 목숨을 걸고 전생에서 이생으로 날아온 것은 아닐는지요.

독락당 가는 길에

독락당獨樂堂은 회재晦齋 이언적李彦迪이
머물던 곳입니다. 독락당 가는 논뜰에 백로 몇 마리가 망중한忙中閑을 거닐고
있습니다. 옛 사람들은 백로를 '해오라비'라고 했습니다. '흰오리'라는 뜻입
니다.

백로의 흰 빛깔은 여름날 따가운 햇빛을 반사해서 열을 덜 받게 하기 위한
오래된 선택입니다. 논뜰에 앉은 백로를 보면 마치 사랑채에서 글 읽다가 흰
두루마기 걸치고 마실 나온 선비를 연상케 합니다.

백로는 서두르지 않고, 늘 큰 걸음으로 천천히 산책합니다. 백로는 홀로 사냥할 뿐, 떼거리로 다니며 사냥하는 법이 없습니다. 백로는 적멸寂滅의 새입니다. 세 마리만 모여도 그들은 깊은 명상에 잠깁니다.

그래서 옛 사람들은 백로 세 마리를 그려놓고 즐겨 삼사도三思圖라고 했습니다. 세 사람만 모여도 작당作黨하고 거짓말 만드는 사람들과는 다릅니다.

백로는 사람 세상에 살지만, 출세간出世間을 삽니다.

고사목 앞에서

다솔사에 와 있습니다. 솔숲이 그윽한 절집입니다. 숲에 오면 얼마나 아름답고 훌륭한 나무가 많은지, 그 숲속에 내가 얼마나 부족한 한 그루 나무였는지를 비로소 깨닫습니다.

숲속에 오면 모든 나무가 내 스승입니다. 고사목枯死木마저도 고고한 스승입니다. 나무는 생사에 끄달리지 않는 의연함이 있습니다. 서서는 온갖 새들과 곤충의 집이 되고, 육신을 뉘어서는 버섯과 이끼에게 제 몸을 내놓습니다. 종내는 한줌 산의 혈육이 되어 사라지는 숭고한 육신 기증을 보여 주고 있습니다.

나무는 살아서 제 삶의 절반을 살고, 죽어서 다시 절반을 삽니다. 고사목은 죽어서도 제 육신을 내놓는 아낌없이 내놓는 나무의 정신입니다.

고사목 앞에 서면 이제 무엇으로 살 것인가가 아니라 어떻게 사라져갈 것인가를 생각합니다.

그들이 돌아가는 곳

함월산 기림사 숲에 단풍이 현란합니다. 하지만, 풀과 나무들만 단풍 드는 게 아닙니다. 가을이면 곤충들도 서서히 단풍색깔을 닮아갑니다. 사하촌寺下村 들녘을 뛰놀던 메뚜기들의 잔등도 단풍처럼 붉게 물들고, 늦털매미 울음소리도 불꽃처럼 잦아듭니다.

그리고, 이제 스산한 바람이 불면 현란했던 단풍도 흙 빛깔로 돌아갈 것입니다. 흙 빛깔은 목숨 가진 모든 것들의 제 빛입니다. 초록빛 풀무치의 날개도 서서히 흙빛으로 변하고, 청개구리 등짝도 흙빛으로 시나브로 돌아갑니다.

그리고, 그들은 한동안 이 숲을 흔들던 생명들의 소리를 하나씩 데리고 어디론가 사라집니다. 목숨 가진 모든 것들은 죽음으로 끝장 보지 않고, 그저 무위無爲로 우리 곁에서 사라져갈 뿐입니다.

다만, 그들이 사라져 돌아간 곳과 우리들이 돌아갈 곳이 한곳일 따름입니다.

약수동을 지나며

이른 봄날, 아직은 먼 산머리가 눈에 덮여 희끗희끗합니다. 백양사로 가는 길목 장성호에 살얼음이 끼었습니다. 장성호를 지나면 약수동입니다. 약수동은 백양사로 가는 들머리 사하촌입니다. 백양사와는 같은 동네이지요.

동洞이란, 물[水]을 함께[同] 먹고사는 곳을 가리킵니다. 동네는 같은 물을 먹고사는 사람들이 모여 사는 곳입니다. 백양사 스님들과 약수마을 사람들은 백암산 골짝물을 함께 마시고 사는 같은 동네 사람들[洞民]입니다.

절집과 사하촌은 단순한 지리적 관계가 아니라 목숨줄이 서로 이어져 있는 생명공동체로 존재합니다. 사하촌을 지날 때마다 환경시대에 우리 절집이 안고 있는 생명공동체 소명이 무엇인지 깊이 생각합니다.

동네는 같은 물을 먹고사는 사람들이 모여 사는 곳입니다.
백양사 스님들과 약수마을 사람들은 백암산 골짝물을 함께
마시고 사는 같은 동네 사람들입니다.

두릅을 먹으며

　　　　　　　　　　청량산 기슭에도 봄이 찾아왔습니다.
농사철이 시작되면 산마을 사람들은 조합에 가서 영농자금을 냅니다. 보릿고
개는 예나 지금이나 마찬가지입니다. 올해도 빚으로 농사를 시작합니다.

　논에 모판을 낼 즈음이면 뒷산 기슭에 두릅순이 새롭습니다. 산마을 사람
들은 틈틈이 산에 올라가 두릅을 땁니다. 크고 좋은 것은 장사꾼에게 넘기고,
자잘한 것은 저녁상에 올립니다. 삶아서 초장에 찍어 먹기도 하고, 어린잎은
나물로 무쳐도 먹습니다.

　산중에서는 두릅보다 쌉쌀한 맛이 나는 개두릅을 더 알아줍니다. 두릅을
딸 때는 두 물까지만 땁니다. 잘못해서 세 물까지 따버리면 두릅나무가 화가
나서 그 해에는 잎을 내지 않기 때문입니다.

　두릅을 따 먹으면서도 두릅을 생각하는 것은 산마을 사람들의 종교입니다.

밤을 잊은 그대에게

　　서울의 매미들은 시골매미들보다 시끄럽습니다. 어린 시절 양철지붕 위로 쏟아지던 소나기 소리보다 더 요란합니다. 시민들이 시장에게 민원을 낼 정도에 이르렀습니다. 서울 매미가 그렇게 악을 쓰고 우는 것은 지나가는 자동차 소음 때문입니다.

　　소음보다 더 큰 소리로 울어야 건너편의 암컷이 들을 수 있기 때문이지요.

　　서울의 매미들에겐 밤낮도 없습니다. 밤이면 훤한 대낮처럼 켜지는 가로등이 그들의 밤을 빼앗아 가버렸기 때문입니다. 집으로 돌아가는 깊은 밤, 가로수에 붙어 잠 못 들고 불면에 시달리는 매미들의 소리가 통곡처럼 들립니다. 다음날 아침이면, 밤새 울다 지친 매미들이 도로 위에 떨어져 여기저기 퍼덕거리고 있습니다.

　　"밤을 잊은 그대에게 드릴 말 없네."

은해사 숲에서

은해사 들어가는 길이 아늑하고 그윽합
니다. 아름드리 소나무가 만들어내는 오솔길의 운치가 참 좋습니다. 숨을 쉴
때마다 몸 속 깊숙이 들어오는 솔내음이 상큼합니다.

나무와 나는 호흡으로 한 몸입니다. 나무의 날숨으로 내가 들숨을 쉬고, 나
의 날숨으로 나무가 들숨을 쉽니다. 나무는 내 몸밖의 내 몸입니다.

내 몸속의 오장육부만이 내 것이 아니며, 내 몸에 붙은 안이비설眼耳鼻舌만
이 내 것은 아닙니다. 내 몸 밖에 잠시 떨어져 나가 있는 저 나무 또한 나의 다
른 몸입니다.

아니, 내 몸은 저 숲에서 잠시 떨어져 나온 한 그루 나무입니다.

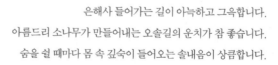

은해사 들어가는 길이 아늑하고 그윽합니다.
아름드리 소나무가 만들어내는 오솔길의 운치가 참 좋습니다.
숨을 쉴 때마다 몸 속 깊숙이 들어오는 솔내음이 상큼합니다.

고향 바다 잘피

어릴 때 살던 고향 바다를 벗도 없이 홀로 찾아왔습니다. 반백년만에 찾아온 고향 바다는 늙어 가는 내 나이를 차마 묻지 않습니다. 파도에 뿌리가 뽑힌 잘피 한 포기가 모래밭에 올라와 있습니다.

점심도 없이 살던 그 시절, 달디단 뿌리를 씹으며 굶주린 배를 속였던 잘피입니다. 잘피는 바다에 살지만, 김이나 미역 같은 해조류와는 출신이 다릅니다.

지상의 모든 식물들은 바다가 고향입니다. 뭍으로 올라와 비로소 이끼가 되고, 풀이 되고, 나무가 되었습니다. 까마득한 먼 옛날에는 잘피도 다른 식물들과 함께 바다에서 올라왔습니다. 그러나, 지상의 치열한 생존경쟁에 뿌리내리지 못하고, 스스로 살아남는 법[進化]도 익히지 못해 다시 바다로 되돌아간 가엾고 못난 풀입니다. 줄기와 잎을 따로 갖지 못한 바보, 잘피는 고향으로 귀농歸農한 내 그리운 벗을 생각게 합니다.

법륭사 섬서구

일본 여행은 첫 걸음이었습니다. 무더운 여름날, 일본 최초의 절이라는 아스카사를 찾았습니다. 잠시 숲그늘 속에 앉아 망중한을 즐깁니다.

섬서구 한 마리가 풀밭에서 숲그늘 안으로 들어왔습니다. 섬서구도 더위에 지친 모양입니다. 어느 별 어느 풀밭에 있다가 지구별, 예까지 왔는지 알 수 없습니다.

이 지구별 어디를 돌고 돌아 이제 잠시 내 발치에 닿았을 뿐입니다. 그러나, 참으로 백천만겁난조우百千萬劫難遭遇입니다.

그러고 보면, 나 역시 한 마리 팔중이에 지나지 않습니다. 어디서 왔다가 어디로 가는 길에 그를 만났는지 모르겠습니다. 여기에서 잠시 만났다가 어디로 가는지도 모릅니다. 어디서 다시 만날 기약도 없이 헤어집니다.

먼 훗날 다시 만나도 그를 기억해낼지 의문입니다. 잠시 사람 몸을 받았다고 그 앞에 우쭐댈 것 없습니다. 그의 눈에 나는 한낱 덩치 큰 이물異物에 지나지 않을 것이기 때문입니다.

천천히 걷기

상원사 가는 길은 솔바람과 개울물 소리가 있어 걷기에 좋은 길입니다. 월정사에서 상원사까지는 걸어서 두 시간 거리입니다.

시간은 보이지 않는 내 그림자입니다. 내가 차를 마시면 시간도 따라서 차를 마시고, 내가 화를 내고 싸우면 시간도 '화 내고 싸운 시간'이 됩니다.

시간은 또 다른 나입니다. 내가 나쁜 생각을 하면 시간도 나를 닮아 나쁜 시간이 되고, 내가 좋은 일을 하면 좋은 시간이 됩니다.

시간은 늘 내 삶의 보폭과 함께 합니다. 내가 빨리 걸으면 시간도 빨리 가고, 내가 헐떡거리면 시간도 헐떡거리며 따라옵니다. 내가 천천히 걸으면 시간도 천천히 갑니다.

오늘은 놀며 쉬며 빈둥거리며 갈 요량입니다.

30년만의 귀거래사

산을 내려온 지 30년 세월,
잠깐 얼풋 든 꿈만 같습니다.

세상은 자고새고 돈을 벌라 하였지만,
주머니 없는 옷으로 살았습니다.

세상은 내 차 갖고 편하게 살라 했지만,
겨우 자전거 타는 법 하나 배웠습니다.

세상은 강남에 좋은 집을 가지라 했지만,
지번地番 없는 산토굴이 내 돌아갈 집이었습니다.

세상은 싸워 이기라 했지만, 늘 한 발짝 물러나 있었습니다.
세상은 넘어지지 말라 했지만, 낙법만 혼자 익혔습니다.
세상은 남을 딛고 일어서라 했지만,
이제 나를 밟고 산으로 돌아가려 합니다.

세상은 돈으로 노후대책을 삼으라 했지만,
적금 하나 든 게 없습니다.

세상은 병 없이 오래 살라 했지만,
장기기증을 약속했습니다.

세상은 노안老安을 즐기라 했지만,
화장 유언에 서약했습니다.

세상은 싸워 이기라 했지만,
늘 한 발짝 물러나 있었습니다.

세상은 넘어지지 말라 했지만,
낙법落法만 혼자 익혔습니다.

세상은 남을 딛고 일어서라 했지만,
이제 나를 밟고 산으로 돌아가려 합니다.

세상은 '오산誤算'이라 했지만,
30년 가계부는 '정산正算'입니다.

신두리 모래언덕에서

태안 신두리 모래언덕〔砂丘〕에 와 있습
니다. 거센 바닷바람이 모래를 실어 날라다 높고 넓은 언덕을 만들어 놓았습
니다. 모래언덕은 토양이 척박하고 물기가 없어서 식물들에겐 '죽음의 언덕
〔死丘〕'입니다.

씨앗을 떨어내도 싹트기 어렵고, 용케 싹이 터도 계속 자라기가 여간 어려
운 일이 아닙니다. 그나마 밤낮 없이 날아오는 모래에 묻혀버리기 일쑤입니다.

그 죽음의 언덕에 기댄 키다리 달맞이꽃도 키를 절반이나 낮추었고, 해당화는 아예 몸을 반쯤이나 모래 속에 묻었습니다. 거센 모래바람과 척박한 토양 앞에 스스로 욕망을 비운 것입니다. 그들은 도 닦지 않고도 '삶은 때로 그렇게 비움으로써 채워진다'는 것을 알고 있습니다.

이러한 악조건에서 사구의 식물들은 도전이 아니라 순종으로 사는 법을 어느새 익혔나 봅니다.

다시 신두리에 와서

다시 신두리 사구〔모래언덕〕를 찾았습니다. 가을볕에 통보리사초마다 까칠한 씨앗이 익어가고 있습니다. 올 같은 가뭄을 이 깡마른 모래밭을 통보리사초는 참 용케도 살아왔습니다.

하지만, 모래밭이 아무리 메말라도 통보리사초는 여기가 제 땅이요, 물이 아무리 질퍽거려도 물질경이는 질퍽거리는 습지가 제 땅입니다. 통보리사초는 질퍽거리는 습지에는 하루도 못 살 것이요, 물질경이는 깡마른 모래밭에는 하루도 살아나기 어려울 것입니다.

게는 옆 걸음이 편하고, 백로는 한 발로 서야 더 편합니다. 등나무는 굽은 게 제 모습이요, 대나무는 속이 빈 게 본래 모습입니다. 지렁이는 캄캄한 땅속이 극락이요, 구더기는 냄새나는 똥속이 천당입니다. 꽃은 져야 씨가 맺히고, 열매는 떨어져야 사는 것입니다. 세상 만물이 모두 제자리에 있습니다.

이게 자연무위自然無爲 모습입니다. 사람도 그렇게 살아야 할 것입니다.

등나무는 굽은 게 제 모습이요,

대나무는 속이 빈 게 본래 모습입니다.

지렁이는 캄캄한 땅속이 극락이요, 구더기는 냄새나는 똥속이 천당입니다.

세상 만물이 모두 제자리에 있습니다.

나무도 탈피를 한다

나무의 지름이 굵어지는 것은 부름켜라 하여 나무껍질과 단단한 목질부 사이에 있는 얇은 층에서 이루어집니다. 부름켜를 중심으로 안쪽으로 목질부, 바깥쪽으로는 인피부라 하여 나무가 살아가는 데 필요한 양분을 저장해 두는 중요한 곳입니다. 이곳을 보호해 주는 것이 나무껍질입니다.

그런데 나무는 자꾸 굵어지니 오래된 껍질은 벗겨지고 새로운 껍질이 다시 생겨나게 됩니다. 마치 어릴 때 입던 옷이 커지면서 입지 못하고 다른 옷으로 갈아 입어야 하는 것과 마찬가지입니다.

대종천 가시고기의 부성애

감은사 절터 앞으로 대종천이 흐르고 있습니다. 벗꽃 필 무렵이면 해마다 가시고기가 바다로부터 올라옵니다. 가시고기는 물속에 둥지를 트는 유일한 물고기입니다.

암컷이 알을 낳아 놓으면 그 나머지는 모두가 수컷의 일입니다. 둥지 짓기부터 새끼들을 키워 떠나보내기까지 약 15일간을 수컷은 아무것도 먹지 않고 오직 새끼를 위해 혼신의 힘을 다합니다.

마지막 한 마리 새끼까지 부화시킨 후, 그리고 수컷은 자신의 몸뚱어리를 새끼들에게 먹이로 아낌없이 내놓습니다.

새끼들은 죽은 아비의 살을 파먹고서야 비로소 힘을 얻어 물속을 유영하며 제 살길을 찾아 떠납니다. 가시고기 수컷의 부성애를 보러 올해도 대종천에 내려왔습니다.

부소산의 참나무

　　　　　　　　　백마강 고란사를 찾아 부소산성을 넘습
니다. 여기저기 숲길에 키 큰 참나무들이 나라 잃은 백제 병사들처럼 허허로
이 서 있습니다.

　그런데, 그 참나무들마다 허리에 큰 구멍이 나 있습니다. 어떤 구멍은 생채
기가 너무 커서 속이 텅 빈 것도 있습니다. 그 큰 상처들은 사람들이 도토리를
따기 위해 바위나 돌메로 참나무 기둥을 내려쳤기 때문에 생긴 것입니다.

　거기에 온갖 해충들이 달려들어 머리를 쳐 박고 수액과 속살을 파먹어서
그런 큰 구멍들이 생긴 것입니다.

　그런데도, 참나무는 사람들을 원망하지 않고 오늘도 저렇게 가지마다 도토
리를 매달았습니다.

　사람들 중에도 참나무 같은 사람들이 어디엔가 살고 있겠지요.

내 나이의 색깔

　　오랜만에 향로봉 운홍사를 찾았습니다. 운홍사는 소문나지 않아서 더욱 호젓하고 아름다운 절입니다. 때맞춰 단풍이 곱게 물들었습니다. 절골 저수지 물속의 산그림자도 단풍이 들었습니다.

　　그러나, 산이라고 다 같은 색깔로 단풍이 드는 것이 아닙니다. 쌍계사 숲은 쌍계사 숲대로 가을색이 따로 있습니다. 화려하지도 시끄럽지도 않습니다.

　　그리고, 나무라고 다 같은 색깔로 단풍이 드는 것은 아닙니다. 느티나무는 느티나무대로, 자작나무는 자작나무대로 각각 자기 색깔로 단풍이 듭니다.

　　삼라만상이 다 그렇습니다. 세상을 사노라면 사람도 저마다 단풍이 듭니다. 나무가 그렇듯이 사람도 나이가 들기 전에 자기의 색깔을 준비해야 합니다.

　　오늘 쌍계사 상수리나무 아래 눈을 감고 앉아 가을에 접어든 내 나이의 색깔을 잠시 들여다봅니다.

가지치기

겨울 언저리에 속리산을 찾았습니다. 때맞추어 숲속에서 사람들이 가지치기를 하고 있습니다. 가지치기 하는 소리가 숲속 여기저기에서 낭랑히 들려옵니다. 가지치기를 해주지 않으면 숲이 너무 울창해서 햇볕이 숲바닥까지 골고루 들지 않습니다.

그래서 키 작고 어린 나무들은 햇볕을 받지 못해 죽고 맙니다.

젖니를 제때에 뽑아주지 않으면 나중에 나오는 이빨이 제대로 자라지 못하는 것과 마찬가지로, 제때에 가지치기를 해주지 않으면 나이테도 밉고 옹이도 잘 생깁니다. 나무 기둥에 큰 구멍이 생기고, 속이 썩는 것도 그런 까닭입니다. 바람에 고목이 쓰러지는 것도 그렇습니다.

사람 사는 일도 그와 같아서 아무렇게나 자란 욕망의 가지들을 제때에 쳐주지 않으면 인생을 송두리째 잃기도 합니다.

젖니를 제때에 뽑아주지 않으면 나중에 나오는 이빨이
제대로 자라지 못하는 것과 마찬가지로, 제때에 가지치기를
해주지 않으면 나이테도 밉고 옹이도 잘 생깁니다.

흙이 생명입니다

겨울이면 철새들을 보러 낙동강 하구를 찾아갑니다. 을숙도를 비롯해 하구의 섬들은 오랜 시간이 만들어준 모래지질의 삼각주들입니다. 상류에서 내려온 유기물들이 살아있는 비료가 되어 삼각주 모래밭은 어딜 가나 기름집니다.

김장배추가 끝나면 사람들은 그 모래땅에다 파나 양파 종자를 묻습니다. 겨울이 끝날 때쯤이면 파와 양파를 거두는 손길들이 바쁩니다.

철새를 쫓아다니다 지쳐서 잠시 밭둑에 앉아 그 손길들을 바라봅니다. 아낙네들은 짚을 한 아름 안아다 앞에 놓고 일일이 파단을 묶습니다. 아낙들은 뿌리에 붙은 흙을 일일이 털어 낸 다음에 단을 묶습니다.

아낙들이 흙을 털어 내는 것은 파를 깨끗하게 보이게 하거나 소비자들의 일손을 덜어주기 위해서가 아닙니다. 그것은 을숙도의 기름진 흙을 외지로 내보내지 않기 위해서입니다.

흙은 파의 생명입니다. 당신에겐 무엇이 진정한 생명인지요.

자운영의 봄

몇 해만에 다시 찾은 전라도 함평 어른 들녘입니다. 농부들이 겨우내 대청 밑에서 잠자고 있던 농기구들을 깨웁니다.

문전옥답의 논물이 그득 차면 이윽고 쟁기로 무논을 갈아엎습니다. 논바닥을 파랗게 덮고 있던 자운영이 쟁기질에 묻힙니다. 쟁기질에 묻힌 자운영은 잎과 줄기가 부드럽고 물기가 많아서 금방 발효되어 거름이 됩니다. 뿌리의 혹박테리아로 땅을 기름지게 해주는 자운영은 논의 밥입니다.

겨우내 허기졌던 땅은 자운영을 먹고 기운을 차립니다. 땅에 주고 남은 자운영은 가축과 사람들이 먹습니다. 자운영을 베어다 겨우내 생초를 굶었던 소나 말에게 먹이고, 그리고 남는 것은 나물로 무쳐서 식구들의 저녁 밥상에 올립니다.

자운영은 겨우내 허기졌던 만물을 살리는 보약입니다.

은어 이야기

한식날이 가까워지면 동수洞藪:마을숲에는 벚꽃이 피기 시작합니다. 벚꽃이 피면 앞개울에 은어가 올라옵니다. 은어는 겁이 많고 수질에 민감합니다.

개울물이 줄어들면 위로 오르지 않고 아래에서 머물다 내려갑니다. 그래서 날이 가문 해는 은어맛도 못 보고 여름 한철이 지나가 버립니다.

바다로부터 올라오는 은어는 수박냄새가 나도록 깨끗합니다. 그래서 개울물이 탁해지면 아예 올라오지도 않습니다.

'궂은 물에 은어 달아나듯 한다'는 속담도 거기서 나온 말입니다. 은어가 올라오지 않으면 옛 사람들은 지난 한 해 개울물을 함부로 하지 않았나를 되돌아봅니다.

은어가 오르는 개울둑에 앉아 지나간 내 삶을 되돌아봅니다.

산새들의 겨울 — 나의 감인대堪忍待

추운 날 집을 나섰습니다. 깊은 묵상에 잠긴 겨울산이 문득 보고 싶었습니다. 겨울산의 정적은 눈 덮여 더욱 깊습니다. 어디선가 정적을 깨뜨리며 산새 한 마리가 포르르 날아와 앉았습니다.

눈이 덮이면 산새들은 배가 고픕니다. 꿩이나 까치와는 달리 몸집이 작은 산새들은 며칠씩 굶기가 예사입니다.

그래도 산새들은 결코 먹이를 쌓아두는 법이 없습니다. 오늘 산새의 점심은 깨알 같은 풀씨 한 알입니다. 그러나, 눈 덮인 산은 그걸 허락하지 않습니다.

그래도 산새는 결코 슬퍼하거나 화를 내지 않습니다. 눈이 녹을 때까지, 산이 깨알 같은 풀씨 한 알 내놓을 때까지 무던히 참고 견딥니다. 견디고 참고 기다리는 감인대堪忍待이지요. 저 산새에 비해 오늘 하루, 나는 자그마한 일에도 마음은 얼마나 급했고, 얼마나 화를 냈던가 감인대의 거울에 비춰봅니다.

내 본래의 모습

　　자전거를 타고 산기슭을 돌아 강둑에
나와 앉았습니다. 키 작은 관목숲을 드나들며 멧새들이 떼지어 노닥거리고 있
습니다. 나는 일 없이 강둑에 앉아 그들의 모습을 바라봅니다.

　문득, 옛 사람들은 멧새를 무어라고 불렀는지 궁금합니다. 저 '멧새'라는
이름이 생기기 전에 선사인들은 무어라고 불렀는지가 궁금합니다. '멧새'는
이름일 뿐 본래 모습은 아닐 것입니다.

　2,500년 전, 노자가 〈도덕경〉에서 말했다지요. 명가명비상명名可名非常名,
이름을 이름이라 할 수 있는 것은 이름이 아니라고요. 이름만이 그의 전부가
아니고 모든 것이 아니라는 말씀입니다.

　하루에도 수없이 웃고, 기뻐하고, 미워하고, 화를 내고….

　아, 어느 것이 내 본래의 모습인지 궁금해집니다.

갯벌의 개구쟁이들

서산 갯마을 황도 갯벌을 찾았습니다.
칠게 · 길게 · 밤게…. 갯가는 개구쟁이 게들의 왕국입니다.

개구쟁이들은 밀물이 언제 들어오고, 썰물이 언제 나가는지 잘 알고 있습니다. 밀물이 들어오기 시작하면 개구쟁이들의 몸에도 밀물이 차오릅니다.

개구쟁이들은 밀물을 보지 않고도 밀물이 어디쯤 오고 있는지를 압니다. 개구쟁이들은 밀물이 들어오기 전에 제집을 찾아 들어갑니다.

밀물은 갯벌의 이불입니다. '실컷 놀았으니 이제 자자.' 바다는 턱 밑에까지 이불을 끌어다 덮어 줍니다. 어느 새끼 하나 이불 걷어차며 몸부림치지 않습니다. 개구쟁이들은 여섯 시간 후 엄마가 다시 깨울 때까지 두 눈 꼭 감고 꼼짝도 않습니다.

참 기특하지요?

밀물이 들어오기 시작하면

개구쟁이들의 몸에도 밀물이 차오릅니다.

개구쟁이들은 밀물을 보지 않고도

밀물이 어디쯤 오고 있는지를 압니다.

남장마을 곶감

상주 노악산은 수더분한 성품 가운데 칼끝 같은 기품이 서린 곳입니다. 그 산자락에 자리한 남장사는 신라 고찰입니다.

삼거리 큰길에서 절까지는 십리 길. 가을 햇살을 안고 걸어걸어 갑니다. 때마침 마을아낙들이 둘러앉아 곶감을 깎고 있습니다.

곶감들이 집집이 처마 끝에서 햇살에 말갛게 익어갑니다. 곶감은 서리 내리기 전에 깎아야 속살이 무르지 않습니다. 속이 무른 것은 곶감이 되지 않습니다.

곶감은 제 껍질을 버린 다음에야 비로소 제 맛을 갖습니다. 사람 사는 일도 그와 같아서, 어쩌면 행복도 껍질을 벗는 아픔 뒤에 오는지 모르겠습니다.

가을보리씨

　　　　　　월출산 도갑사로 가는 들길입니다. 늙수그레한 농부 내외가 가을걷이가 끝난 들녘에 나와 가을보리씨를 뿌리고 있습니다. 보리는 천생 가을 곡식입니다. 가을보리씨를 봄에 심으면 열매가 맺히지 않습니다.

　겨울을 참고 견딘 보리만이 봄에 열매를 낼 수 있기 때문입니다. 겨울이 너무 따뜻하면 보리가 자기 성질을 잃어서 병약해지고 열매가 부실한 법입니다.

　그래서 옛 사람들은 가을보리씨를 봄에 심을 때는 보리씨를 추운 곳에 오랫동안 내다놓고 추위를 이겨낼 수 있도록 단련을 시킵니다.

　보리는 씨앗 때부터 시련의 농작물입니다. 시련 없는 보리는 쭉정이 보리입니다. 요즘 우리 세상에 시련 없이 자란 보리들이 참 많습니다.

눈〔眼〕을 가진 자들은

아침 산책길에 나서보면 지렁이들을 자주 만납니다. 간밤에 비가 내렸거나 이슬에 젖은 날이면 땅속의 지렁이들이 숨이 차서 허겁지겁 밖으로 기어 나와 공기호흡을 합니다.

그러다가 햇볕이 달아오르면 다시 땅속으로 들어갑니다. 서두르지 않으면 살갗이 말라 호흡이 더욱 어려워질 수 있습니다. 하지만, 눈이 없는 지렁이들은 가끔 엉뚱한 시멘트 길로 들어서서 그만 길을 잃고 맙니다.

땅속으로 돌아가지 못한 지렁이는 끝내 살갗이 말라서 죽고 맙니다. 요즘 새로운 일과 하나가 나무꼬챙이로 지렁이를 풀밭으로 옮겨주는 일입니다.

그냥 두고 지나치면 하루 종일 눈에 밟히고 또 밟힙니다. 눈을 가진 자들은 눈이 없는 자들을 위해 수고해야 합니다.

행복은 늘 단순하고 간소한 데 있다

부엉이 우는 밤

오랜만에 연화산 산방을 찾아갑니다.

해가 지면 차를 타고 있어도 마음이 바빠집니다. 먼 산에 부엉새 우는 소리 들릴 듯합니다.

문득 어린 시절이 떠오릅니다.

부엉 부엉새가 우는 밤

부엉 춥다고서 우는데

우리들은 할머니 곁에

모두 옹기종기 앉아서

옛날 이야기를 듣지요

붕붕 가랑잎이 우는 밤

붕붕 춥다고서 우는데

우리들은 화롯가에서

모두 올망졸망 모여서

호호 밤을 구워 먹지요.

옛 이야기를 잃어버리고 사는 오늘, 어린 시절 할머니에게서 들었던 옛날 이야기를 누구에겐가는 전해 주고 가야 하는데….

그렇지 않으면 이 지상에서 영영 사라져버리고 말 것 같은 이야기들….

돌아봐도 아무도 그 이야기를 들어줄 이 없습니다.

그런 우리 시대가 새삼스럽게 쓸쓸하고 외로워집니다.

버스 창 밖 산마루에 둥근 달이 뿌옇게 걸렸습니다.

달 그림자 밟으며 혼자 콧노래 부르며 산방 길을 오릅니다.

초대하지 않은 손님

평생을 살면서 우리는 늘 우리가 좋아하는 손님들만 가까이 두려고 합니다.

귀에 감미로운 말, 입에 감치는 음식, 눈에 차는 옷, 마음에 드는 사람…

우리가 싫어하는 손님들은 한 번도 초대한 적이 없습니다.

행여 그런 손님들이 문전에 얼씬할까봐 늘 전전긍긍하였습니다.

그리고, 늘 그들을 미워해왔습니다.

그런데,

지금 내 몸 속에는 내가 초대하지 않은 손님이 한 분 와 계십니다.

햇수로 3년이나 되어 이제는 낯설지도 않은 손님입니다.

내 생애에 가장 두렵고 무서운 손님입니다만,
잘 대접해 보내 드리려고 합니다.
내가 초대하지 않은 손님도 손님이니까요.

매주 월요일은 일산 암센터를 찾는 날입니다.
새벽 다섯 시에 집을 나서 저녁 다섯 시에 돌아옵니다.
버스를 타고 오가는 시간이 그 중 절반입니다.

버스를 타고 지나오면서 창밖을 내다보니
한강변에 겨울 손님들이 그득하니 앉아 있었습니다.
내가 보고 싶었던 겨울철새들입니다.

부부의 도

서로 가까운
두 사이부터
신용을 지킬
것이요

서로 오래
갈수록 덕
공경할
것이요

서로 근검하여
자력을 세울
것이니라

사문통칙색김

숲이 길을 열어줄 때까지

　　　　　　　　　마을 뒤로 산줄기가 깊숙하니 지나가고 있습니다. 이 산마을로 이사를 온 지 벌써 여섯 해가 되었습니다.

집을 나서서 5분이면 산속의 숲길을 만납니다. 그런데, 오늘 아침에 가보니 숲길 하나가 사라졌습니다. 며칠 산을 찾지 않았더니, 그 새 딸기덩굴과 관목들이 무성하게 자라서 숲길이 막혀버렸습니다. 게다가 거미줄까지 어지러이 걸려 있어서 들어서기가 난망입니다.

이것은 더 이상 숲속으로 들어오지 말라는 숲의 경고입니다. 그새 새로 태어난 새들과 짐승들의 새끼들을 지켜주기 위하여 숲은 덩굴과 관목과 거미줄로 길머리에 바리케이드를 치고 사람들의 출입을 금지시킨 것입니다.

그렇습니다. 여름이 지나고 가을이 와서 잎들을 떨구어 숲이 길을 열어줄 때까지 나는 그 숲의 정조를 지켜줄 요량입니다.

자전거는 나의 도반

시골로 이사를 오면서 낡은 자전거도 함께 싣고 왔습니다. 내 차도 없고, 운전도 못 배웠으니 자전거는 천상 나의 발입니다. 자전거를 타면 자전거와 쉽게 한 몸이 됩니다.

오르막을 오를 때 내가 힘이 들면 자전거도 힘이 듭니다.

먼짓길에선 함께 먼지를 뒤집어 쓰고, 비가 오면 함께 비를 맞습니다. 개울을 만나면 자전거도 두 발로 물을 첨벙첨벙 걷습니다. 넘어질 때도 함께 넘어집니다. 그러다가 쉴 때가 되면 자전거도 같이 쉽니다.

서 있는 자전거는 긴장감을 줍니다. 앉아 쉴 때는 자전거도 길섶에 눕혀 놓습니다.

내게 있어 자전거는 더 이상 생명 없는 기계가 아닙니다.

무던히도 입 무겁고 정이 깊은 나의 도반입니다.

절로 가는 길

오랜만에 논산 쌍계사를 찾아갑니다.

버스를 타고 중산리에서 내리면 쌍계사까지는 개울과 함께 십릿길입니다. 비록 포장된 길이지만, 절로 가는 길은 호젓하니 걸어가는 맛이 좋습니다.

개울길을 따라 시골집들이 모였다가 흩어졌다 합니다.

마을 사람들은 '절골' 이라 부르지만, 마을에 교회가 2개나 들어서서 그도 이젠 옛말이 되었습니다.

촌아낙이 길 한켠에다 자리를 펴고 고추를 말리고 있습니다.

때로는 길 위에 앉아 깨도 털고, 도리깨질도 합니다.

이따금 자동차가 지나가며 경적으로써 투덜대지만, 그 찻길은 원래 아낙네의 마당이었습니다.

그런데, 찻길이 마당을 잘라먹고 지나가게 된 거지요.

그러니, 길 비키라고 경적을 울릴 일이 아니라, 차에서 내려서 고개 푹 숙이고 차를 밀고 가야 마땅한 일이지요.

절로 가는 길은 호젓하니
걸어가는 맛이 좋습니다.
이따금 자동차가 지나가며
경적으로써 투덜대지만,
그 찻길은 원래 아낙네의
마당이었습니다.
그런데, 찻길이 마당을
잘라먹고 지나가게 된 거지요.
그러니, 길 비키라고 경적을
울릴 일이 아니라,
차에서 내려서 고개 푹 숙이고
차를 밀고 가야 마땅한 일이지요.

설악산 오세암의 여름밤

설악산 오세암, 별빛 더욱 높은 여름밤.

적막 속으로 독경 소리가 밤안개처럼 나직이 잦아듭니다.

'나모라 다나다라야야 나막알야 바로기제 새바라야 사바하….'

동행한 시인이 있어서 나직이 물었습니다.

"사람들은 저 어려운 말뜻을 알고 염불하나요?"

"아뇨, 모르고 합니다!"

그러자, 시인이 놀란 듯이 되물었습니다.

"아니, 그럼 뜻도 모르고 염불한단 말이예요?"

"네, 그렇습니다! 당신은 하늘의 별 이름을 얼마나 알고 계세요?"

"몇 가지 밖에는요"

"그렇습니다. 별 이름을 몰라도 별은 저렇게 아름답지 않습니까?

별이 아름다운 것은 그 이름에 있는 게 아니랍니다"

"……"

시인은 한참동안이나 말이 없었습니다.

도선사골 개복숭아

아름다운 봄날, 오랜만에 도선사를 찾았습니다. 백운교를 지나면 왼쪽으로는 물 맑은 소귀천이 열리고 곧장 가면 도선사에 이릅니다. 그러나, 도선사 길은 걷고 싶지 않은 길입니다. 경사가 가파르고 멀어서가 아닙니다. 넓은 길에 자동차 다니는 길만 있고, 사람이 다니는 길이 없기 때문입니다. 그 반생명의 길가에 때맞추어 개복숭아꽃이 붉게 피었습니다.

흔히 사람들이 복숭아를 먹고 버린 것이 돋아서 개복숭아가 된 것으로 알지만, 그게 아닙니다. 원래 개복숭아가 먼저입니다. 개복숭아를 인간이 가져다가 욕심을 부려서 크고 살점 많은 지금의 복숭아로 바꿔놓은 것이지요. 그런데, 놀라운 사실 하나는, 살점을 베어먹고 버리면 거기서 크고 맛있는 복숭아가 아닌 다시 작고 떫은 원래의 개복숭아가 달린다는 사실입니다. 복숭아는 늘 개복숭아로 돌아가고 싶었던 것입니다. 고무줄을 당겼다가 놓으면 제자리로 돌아가듯이, 모든 생명에게는 원래대로 돌아가려는 원초적인 회귀의 천성을 지니고 있습니다. 인간이 거들떠 보지 않아도 개복숭아가 홀로 평화로운 까닭도 거기에 있습니다. 개복숭아 만세!

백마산의 산벚나무

　　봄이면 백마산 기슭에 산벚꽃이 터집니다. 잘 나지도 못 나지도 않은 수더분한 산벚꽃이지만, 해마다 한 철, 골짝논에 못자리가 들어설 즈음이 제 세상입니다. 가을이면 산벚나무 가지마다 붉게 익는 버찌, 온갖 새들에게 아낌없이 내주는 산벚나무의 보시입니다.

　　하지만, 꽃이 피고 버찌가 열리는 계절에도 그 기슭 한켠에서는 늙고 병든 산벚나무들이 쓰러집니다. 화려했던 젊은 날이 지나 늙고 병들면 그 눈부신 꽃들을 피워내던 가지는 피골이 상접해 말라붙고, 억세 보이던 줄기에도 여기저기 비늘이 일어나 뜯겨져 나갑니다. 두 눈 감기도 전에 새들은 달려와 늙은 몸을 쪼아대고, 썩어 넘어지기 바쁘게 이름 모를 버섯들은 귀신처럼 달려와 붙습니다. 아무도 지켜보지 않는 늙은 산벚의 임종, 하늘 아래에서는 생로병사가 모두 한 시절입니다. 사람도 산벚나무와 한통속입니다.

남 모르는 문으로 나와

사람들은 저마다 가슴 속에

남 모르는 숲길 하나씩을 품고 살아갑니다.

사람들은 쓸쓸하고 외롭고 세상이 버겁게 느껴질 때,

남 모르는 문으로 나와 그 숲길을 찾아갑니다.

하얀 눈이 그 숲길을 덮고,

눈 덮인 그 숲속에 난 한 줄기 발자국,

세상 밖으로 아득히 멀리 나 있습니다.

부처님, 당신에게로 가는 발자국입니다.

제가 당신들에게 무슨 잘못을 저질렀기에

제가 당신들에게 무슨 잘못을 저질렀기에 저를 이렇게 무참히도…

당신들 앞을 지나간 것이 잘못인가요?

제가 먼저 왔으니 제가 지나간 다음에

늦게 온 당신들이 지나가도 되지 않나요?

그런데, 그 잠깐도 못 기다려주고 저를 죽이시다니요!

제가 그렇게도 당신들에게 큰 잘못을 저질렀나요?

당신들의 눈에 제가 보이지 않던가요?

어디로 가는 길인지는 모르지만,

그렇게 급히 가야 할 일이라도 생겼나요?

남을 비참히 깔아죽이고 급히 가야 할 그곳이 어딘가요?

대답 좀 해보세요!

당신들의 목숨이 하나이듯

우리들의 목숨도 하나입니다.

사람이면 다입니까?

사람이면 아무 잘못 없는 생명을

함부로 죽여도 되는 겁니까?

당신들에게도 가족과 벗들이 있듯이

제게도 사랑하는 가족과 벗들이 있습니다.

저를 기다리고 있을 그들이 보고 싶습니다.

저를 그들에게 데려다주세요.

제발 이대로 그냥 버리고 가지 마시고….

흙으로 돌아가기

매미가 나무 줄기에 붙어 울고 있습니다.

가을이면 매미울음도 쓸쓸히 들립니다.

이 가을 시간이 그들의 생애에서 마지막 시간이기 때문입니다.

모든 매미는 이 가을을 마지막으로 지상에서 사라집니다.

한때 날개를 달고 창공을 노래하던 것들도

결국은 날개를 접고 지상으로 내려앉습니다.

이 가을동안에 앞서거니 뒤서거니 하면서

자신들의 육신을 모두 지상에 내려놓습니다.

정녕 매미의 삶이야말로,

봄날 흙속에서 나와

가을날 흙으로 돌아가는 삶입니다.

여기 옷깃 여미며…

우리는

지혜智慧를 말하면서 어리석은 죄업을 짓고,

자비慈悲를 말하면서 미움을 버리지 못했습니다.

무소유無所有를 말하면서 가난을 두려워했고,

여법如法을 말하면서 거짓과 너무 쉽게 친했습니다.

인적 사라진 옛 절터

여기 옷깃 여미며 참회懺悔의 등을 내겁니다.

생명의 고단함

외딴 집을 돌아서면 호젓한 산길,

거기 조팝나무꽃 흐드러진 도랑 옆 풀밭에서

이제 막 껍질을 벗고 나온 잠자리 한 마리,

젖은 날개를 바람에 말리고 있습니다.

우화를 마친 잠자리

마치 단식을 끝낸 수행자처럼,

회복실에 누운 산모처럼 파리합니다.

모든 생명있는 것들은 잠깐의 즐거움을 선사 받는 대신

평생을 '생명의 고단함' 속에 살아가야 합니다.

살아 평생에 제 몸뚱아리 하나 지탱하는 것이 전부입니다.

아, 태어나지 말지니!

모든 매미는 이 가을을 마지막으로 지상에서 사라집니다.
이 가을동안에 앞서거니 뒤서거니 하면서
자신들의 육신을 모두 지상에 내려놓습니다.
정녕 매미의 삶이야말로, 봄날 흙속에서 나와
가을날 흙으로 돌아가는 삶입니다.

나의 도반들

도반道伴,

세상에 이보다 더 정겨운 말은 없습니다.

부모, 형제자매, 부부, 그리고 친구와 이웃…

그리고, 오늘 만난 낯선 이들도 모두 나의 도반입니다.

하오나 어찌 사람들만 삶의 도반이겠습니까?

길섶의 꽃과 나비와 새들과…

내 코끝을 간지르는 꽃냄새와,

내 귀에 걸리는 바람소리도

나의 소중하고 아름다운 도반입니다.

보름도의 여름밤

강화에서 뱃길로 한 시간, 보름도의 초
여름 밤은 적적합니다. 소쩍새 울음소리 따라 마을길이 끝간 곳, 파도가 엎어
지는 언덕에 서서 하늘을 쳐다봅니다.

장마가 끝난 밤하늘은 저렇게도 깊습니다. 달도 없는 밤하늘에 별빛 홀로
높습니다. 별 하나가 꼬리를 달고 바다로 뛰어듭니다.

저렇게 밤마다 별들이 바다로 뛰어내렸으니 바다 속에 어디엔가 별들이 쌓
여있을 테지요.

깊어서 더욱 아름다운 바다, 짧아서 더욱 아쉬운 여름밤.

수평선 위 도회지의 불빛이 먼 시골 어느 외딴 집에서 흘러나오는 호롱불
같습니다.

태안사 굴뚝 앞에서

사람들의 따뜻한 아랫목을 위해

굴뚝은 가슴 속에 늘 매운 연기를 담고 삽니다.

단 한번도 콜록콜록 기침을 해서

사람들에게 자기를 드러내지도 않습니다.

굴뚝은 천상 수행자입니다.

약수는 본래 그 산에 살고 있는 동식물들의 소유입니다.
그런데, 인간들이 올라와 약수를 독차지하면서
이들이 갈증에 시달려 하나 둘씩 산을 떠나버리고
이젠 다람쥐조차 보기 어렵게 되었습니다.

내 가슴 속의 아궁이 불

백마산 가는 들머리 사슴목장 집.

요즘 보기 드문 굴뚝에 연기가 나고 있습니다.

바라보는 것도 즐겁거니와 나무 타는 냄새도 참 좋습니다.

가던 길 멈추고, 따뜻한 아궁이 속을 상상해 봅니다.

인생의 늦가을을 맞은 이 나이,

내 가슴 속 아궁이 불은 아직도 남아 있을까.

아직도 내게 세상을 사랑하는 열정과

사람을 흠모하는 감정의 불씨가 남아 있을까….

사람 사는 세상도 저들 같아서

김해 신어산 정상에서 본 낙남정맥의 아름다운 능선.

마치 먼 데서 겹겹이 밀려드는 파도 같습니다.

산이 높다고 다 저렇게 아름다운 건 아닐테지요.

사람 사는 세상도 저 산들과 같아서

지위가 높고 돈이 많다고

삶이 아름다운 건 아닐테지요.

장흥리 갯벌에서

서해안 장흥리 갯벌에는 게들이 많습니다. 칠게, 밤게, 길게, 방게….

봄철이면 게들의 현란한 짝짓기가 장관입니다.

암컷을 유인하는 수컷들의 무용으로

갯벌은 온통 무도장으로 변합니다.

그러다가 잘 생긴 암컷을 차지하기 위해,

한순간 서로 피 터지게 싸우기도 합니다.

그래도 게들은 인간보다 나은 데가 있습니다.

졌다 싶으면 미련없이 돌아서고,

이겼다 싶으면 더는 약자를 공격하지 않는

아름다운 지혜가 있습니다.

게들의 현란한 짝짓기가 장관입니다.
잘 생긴 암컷을 차지하기 위해, 한순간 서로 피 터지게 싸우기도 합니다.
그래도 게들은 인간보다 나은 데가 있습니다. 졌다 싶으면 미련없이 돌아서고,
이겼다 싶으면 더는 약자를 공격하지 않는 아름다운 지혜가 있습니다.

한 마리 하늘소로

치목마을에서 송대를 지나 세 시간이 넘게 걸리는 숨가쁜 산길.

때로 산숲을 홀로 넘다보면

한없이 눈물이 쏟아질 때가 있습니다.

먼 머언 전생 언젠가

한 마리 큰오색딱다구리로 이 골짜기에 머물다 간 적이 있다는 생각에,

몇 겁이 지난 먼 머언 내생의 어느 훗날에

한 마리 하늘소로 이 골짜기에 태어날 수도 있다는 생각에

오늘도 그만 눈물을 펑펑 쏟고 말았습니다.

엉겅퀴들의 이름

오랜만에 북한산을 찾았습니다.

들머리 풀밭에 엉겅퀴가 무리지어 피었습니다.

사람들마다 제각기 이름이 있듯이

엉겅퀴들도 저마다 이름들을 갖고 있겠지요.

우리들이 그렇듯이 같은 북한산 엉겅퀴라도

저들끼리 부르는 다른 이름들이 있을 테지요.

그들이 우리들의 이름을 모르듯이

다만 우리가 그들의 이름을 모를 뿐…

오늘은 왠지

그들의 이름을 하나하나 불러주고 싶습니다.

손도 자연이 그립습니다

컴퓨터 자판기를 두드리다가

불현듯 두 손을 바라봅니다.

오늘 하루 손이 만난 것들을 생각합니다.

컴퓨터 자판기, 숟가락, 전철 손잡이, 휴대폰, 화장지…

모두가 생명 없는 공산품들입니다.

손을 가만히 들여다봅니다.

언제 한번 손을 위해

생명의 친구를 만나게 해준 적이 있었던가.

흙, 모래알, 돌, 꽃, 나무…

손도 자연의 친구들이 그립습니다.

소나기를 맞으며

강원도 화진포, 10년 만의 걸음입니다.

갈매기 발자국 따라 바닷가를 거니는 동안

한줄기 구름이 내려오더니 금새 소나기를 쏟아냅니다.

비를 피해 뛰어가다가

한 생각 고쳐먹고는 우뚝 멈추어 천천히 걷습니다.

우산도 없이 후줄근하게 비를 맞으며 걷습니다.

온 몸으로 비를 맞아본 지가 얼마만인지,

너무 까마득해서 기억도 나질 않습니다.

옷 속을 뚫고 속살까지 적시는 빗물,

그 감촉이 그렇게 상큼할 수 없습니다.

얼마만인가요, 우산도 없이 비를 맞아본 지가.

온 몸 구석구석의 수많은 세포들이

아이들처럼 소리지르며 몸 밖으로 뛰쳐나오는 듯합니다.

그동안 몸과 마음이 얼마나 목말랐는지,

이제서야 알 수 있을 듯합니다.

그동안 옷이 젖을까봐, 몸이 젖을까봐

전전긍긍 살아온 시간들이 갑자기 우스꽝스러워집니다.

우산도 없이 후줄근하게 비를 맞으며 걷습니다.
옷 속을 뚫고 속살까지 적시는 빗물, 그 감촉이 그렇게 상큼할 수 없습니다.
온 몸 구석구석의 수많은 세포들이 아이들처럼 소리지르며
몸 밖으로 뛰쳐나오는 듯합니다.

숲의 나라 법칙

몇 해만에 다시 문경새재 옛길을 걷습니다.

숲의 나라는 예나 지금이나 자율의 세계입니다.

숲이 너무 무성해지면 나무들이 살아가기 어렵습니다.

한정된 공간과 햇빛과 영양분만으로는

그 많은 풀과 나무들이 모두 다 건강하게 살기는 어렵습니다.

그러다가 자칫 병충해에 모두가 절멸하는 불행이 일어날 수 있습니다.

그래서 숲은 저들끼리 지혜롭게 자기솎음self thinning을 합니다.

숲의 자기솎음의 기준은 매우 복잡하지만,

숲의 나라는 숲의 질서가 따로 있습니다.

더러 덩치 큰 나무가 희생되고,

그 아래 한뼘짜리 풀이 살아남기도 하고,

반대로, 나무가 자라면서

풀들이 그 그늘 자리를 비워주기도 합니다.

살벌한 적자생존이나 약육강식 같은 인간의 질서가 아니라

그들만의 한없이 너그럽고 자애로운 질서입니다.

계곡에 와서

계곡의 소沼는 거울鏡입니다.

하늘이 내려와 멱을 감고,

구름이 한가로이 지나갑니다.

소는 하늘과 땅이 만나는 자리입니다.

하늘은 제 마음을 그대로 담그고,

땅은 제 속내를 그대로 드러냅니다.

수도암 가는 길

김천 수도암 가는 길, 숲이 그윽합니다.

절로 가는 길은 세간世間에서 출세간出世間으로 가는 길이요,

속俗에서 성聖으로 가는 길입니다.

옛 사람들은 공양미를 등에 지고 머리에 이고 이 길을 걸어갔습니다.

산길을 오르노라면 하얗게 서리 내린 귀밑머리에

땀은 흘러내려서 베적삼 등줄기를 흥건히 적셔 내립니다.

땀은 몸속에 쌓인 욕망의 티끌들이 다 씻겨내립니다.

그러나, 요즘은 부처님 코앞에까지 길을 내서 너나 할 것 없이 누구나가 차
를 타고 쉽게 오릅니다. 아무도 땀 흘리지 않고 절을 오릅니다.

그래서 욕망의 티끌을 떨쳐버릴 시간도 없습니다.

그렇게 절에 갔다오면 만사가 허탕입니다.

자연의 아름다움은 그가
자연을 사랑한 만큼만 보여줍니다.
자연은 우리가 사랑하는 만큼
아름답습니다.
아름다움만큼 감동하는 것이 아니라
감동한 만큼 아름답습니다.
세상살이도 마찬가지입니다.

꽃이 피는 것은

지금은 봄눈 내리는 2월,

꽃은 지금 어디쯤 올라오고 있을까?

꽃은 가지 끝 꽃눈 속에 있다가

어느 봄날 갑자기 그렇게 피어나는 게 아닙니다.

꽃들은 춥고 어두운 땅속

뿌리에서부터 느리고 조심스런 걸음으로

줄기와 가지를 타고 올라오는 것입니다.

우리는 여태 한번도 본 적이 없지만,

줄기 속에 난 꽃길을 여러 날 암벽 타듯 올라와

가지 끝에 굳게 잠긴 문을 살며시 열고는

이윽고 꽃으로 피어나는 것입니다.

2월의 도피안사
눈에 덮인 땅속 뿌리로부터
꽃이 올라오고 있습니다.

해가 많이도 짧아져서

벌써 창밖이 훤해지려고 합니다.

감동은 오로지 개인적인 체험이기에

같은 사물에 대해 느끼는 감동의 크기도 각기 다릅니다.

자연의 아름다움은 그가 자연을 사랑한 만큼만 보여줍니다.

자연은 우리가 사랑하는 만큼 아름답습니다.

아름다운 만큼 감동하는 것이 아니라

감동한 만큼 아름답습니다.

세상살이도 마찬가지입니다.

사랑도 미움도 남에게 베푼 양만큼 돌아옵니다.

세상을 미워한 양만큼 세상도 미워지고

세상을 사랑한 양만큼 세상도 아름다워집니다.

실상사

지리산 실상사에 가서 하룻밤을 묵었습니다.

이른 아침나절, 천왕문 앞 연못은 한폭의 그림입니다.

물 위에 비친 영상은 그대로 일품 예술입니다

그냥 건성으로 보면 밋밋하지만,

살펴서 보면 아름다움과 신비가 향연처럼 그윽합니다.

이렇듯 모든 사물은 제 그림자를 갖습니다.

평범한 한폭의 그림이지만,

그 안에는 비범한 진리의 법칙이 있습니다.

그냥 흔적없이 사바에 왔다가는 것 같지만,

죽으면 그뿐인 것 같지만, 일거수일투족이 저마다 그림자를 남깁니다.

오늘 우리는 또 어떤 그림자를 남길런지요…?

깊고 푸른 밤

새벽 3시.

잠자리에서 일어나 내 작은 서재로 건너오니

음력 사월 스무나흘 하현 달빛이

창문 넘어 방안 깊숙이 들어와 있습니다.

밤새껏 주인이 비워둔 방,

달빛이 별빛 함께 데리고 들어와 차도 마시고 책도 읽고…

주인이 들어와도 아랑곳하지 않는 달빛 삼매三昧.

방안 깊숙이 들어온 달빛 그림자,

밟으면 쨍그랑 하고 깨질 것만 같아

발꿈치를 세우고 여우걸음으로 창가로 갑니다.

창을 여니 이마빡에 알싸하게 와 닿는 밤공기.

몇 개의 별을 데리고

하현 반달이 허공중엔 아스라이 떠 있습니다.

죽은듯 고요한 세상의 밤.

문득 젊은 날 산중시절이 떠오릅니다.

그 시절 새벽 세 시면 어김없이 일어나

얼음같이 찬 물에 얼굴 씻고 도량석을 쳤습니다.

그때의 습이 지금껏 남아

새벽 이 시간이면 늘 아쉬운 잠에서 일어나곤 하지만,

숨소리 하나 들리지 않는 세상의 밤,

홀로 깨 있다는 것만으로도 즐겁습니다.

참 깊고 푸른 밤입니다.

달뿌리풀의 지혜

몇몇이서 고창 선운사로 생태탐방을 왔습니다. 장마철이면 도솔천에 매일같이 홍수가 지고, 하상河床의 달뿌리풀은 그때마다 한바탕 사투를 벌입니다.

거센 물살을 이겨내는 지혜란 제 몸을 한껏 강바닥에 눕히는 것 외에는 없습니다. 납죽 엎드린 위로 거센 물살과 흙과 자갈들을 퍼붓듯 쓸어내립니다.

그래도 성난 물살은 화를 삭히지 않고, 인정 사정도 없이 모조리 목을 꺾어놓습니다. 한 차례 큰물이 지나고 나면 여기저기서 달뿌리풀들이 고개를 듭니다.

그래도 뿌리 뽑혀 떠내려가지 않았으니 구사일생입니다.

물가의 풀들은 해마다 혹독한 통과의례를 거쳐서 소중한 생명으로 거듭 태어납니다.

우리는 무엇으로 이 세상에서 거듭 태어날런지요?

거센 물살을 이겨내는 지혜란 제 몸을 한껏 강바닥에 눕히는 것 외에는 없습니다.

그래도 성난 물살은 화를 삭히지 않고, 인정 사정도 없이 모조리 목을 꺾어놓습니다.

그래도 뿌리 뽑혀 떠내려가지 않았으니 구사일생입니다.

물가의 풀들은 해마다 혹독한 통과의례를 거쳐서 소중한 생명으로 거듭 태어납니다.

만일사 지게 거사님을 찬讚함

천안 성거산 만일사는 마을에서 한참이나 들어간,

버스에 내려서도 다시 몇 십분을 올라가야 하는 산중사찰입니다.

우연히 법당 뒤에서 휴식을 취하고 있는 지게를 만났습니다.

참으로 오랜만에 만나는 '지게' 거사님입니다.

쉬고 있는 등짝이 많이도 힘들어 보입니다.

부러져서 이어놓은 팔 하나, 그것만으로도 그동안의 고생이 역력합니다.

이만큼 해서 이젠 세상에서 은퇴를 하셔도 될 텐데,

아직 양 다리는 아직 건재하다며 은퇴를 한사코 거부하시는 지게 거사님.

우리 시대에 노병처럼 사라져 가는 고마운 지게 거사님…

고맙고 아름다웠던 것들일수록 소리 소문 없이 우리 곁을 떠나갑니다.

부러져서 이어놓은 팔 하나, 그것만으로도 그동안의 고생이 역력합니다.
이만큼 해서 이젠 세상에서 은퇴를 하셔도 될 텐데,
아직 양 다리는 아직 건재하다며 은퇴를 한사코 거부하시는 지게 거사님.